暴
黒牧師
と
愛
犬騎士

玫雅
貴族千金，被綁架後由艾迪恩救出，因此喜歡上艾迪恩。她個性文靜優雅，但卻常常為了爭奪艾迪恩而與歐里弗爭吵。
歐里弗．雷昂
從鄉下來的菜鳥騎士，為了尋找死去的青梅竹馬所說的「另一個她」而踏上旅程，途中碰上了與青梅竹馬長得一模一樣的艾迪恩，立刻發動猛烈的求愛（變態）攻勢。

艾迪恩
金髮綠瞳的破壞狂牧師，看起來文靜乖巧又可愛，加上娃娃臉和嬌小的身材，常常被誤會成女孩，但實際上卻是凶殘的暴力狂，遇事第一個想到的是拿起流星錘開砸，不在乎他人目光，十分我行我素。
瑟爾
貴族侯爵，玫雅的哥哥。待人溫和有禮，相當慷慨，但卻給人城府很深的感覺。對妹妹玫雅非常呵護寵溺，兩人的關係看起來超越了手足情誼。

Contents

楔子 禁閉室裡的美少年

禁閉室是艾迪恩最討厭的地方了，但遺憾的是，他卻是這裡的常客。

今天，他再一次被關在這狹小陰暗，只有一扇方形小窗的房間裡。環堵蕭然的牆上，就只有一個金色十字架掛在他正前方的牆面上。當陽光斜射入內時，將這十字架照得發亮，顯現出一股神聖的氛圍，但這氛圍卻反而使得天花板低矮空間的壓迫感更發強烈，使得他幾乎快喘不過氣來。

金髮碧眼的艾迪恩，秀氣外貌酷似女孩，就連身高也「看起來」對世界無害。他一直盯著十字架，是對於才剛放出來不到兩小時又被關回去的這件事情感到不滿。

——只不過是不小心失手拆了主教他的椅子而已，真搞不懂為什麼主教要發那麼大的脾氣？對比來說上一回是拆了祭壇……再上上一次是柱子……一次比一次危害小了一點，這代表我控制力道的能力越來越好了，但主教的脾氣怎麼越來越差？真是難以理解。

——雖然我承認我力氣天生就大了一點，治癒能力差了一點，但也用不著這麼排擠我吧？

艾迪恩又想起剛才被當眾罵得臭頭的事，心中感到一陣鬱悶無處宣洩，隨手握拳往地上一揍，「磅！」的一聲在房間裡迴盪，然後石製的灰色地板上多了一個凹洞，而他的拳頭上滿是灰屑。

「……」

看到凹洞後，艾迪恩默默往前挪一步，踏在損毀的地板上，將手上的灰屑心虛的抹在制服上。

「嘎咿——」

身後的門傳來開啟聲響。

——照理來說至少得關個半天以上，難道是他良心發現提早放我出去？

艾迪恩邊想邊抱著希望回頭，但一回頭，卻只看見門外站了兩個穿著米色實習生制服的男孩站在門口。兩個實習生看起來乖乖的，從門口怯生生的探頭望著他，一邊還用手肘推來推去。

「哇、真的有人耶！」

「快去說啊……」

「你去啦！」

兩人在推來擠去一陣子後，最後是一位咖啡色頭髮的實習生被同伴推出來。

艾迪恩看著他摸摸鼻子，一臉無辜的望著自己，顫抖的說：「那、那個……可以麻煩你幫忙一下嗎？」

「嗯？」艾迪恩挑眉。

在兩位實習生的幫助下，艾迪恩從禁閉室出來了。

艾迪恩原以為放自己出來要談條件什麼的，原來他們要求的只不過是小事一件，他馬上就答應了。但這兩個小鬼鐵定不知道關他進來的人是主教本人，否則誰有那麼大的膽子敢放他出來？

離開悶得長毛的禁閉室，艾迪恩尾隨著兩人下了蜿蜒的樓梯。三人穿過大廳，走在教會通往大廳的狹長走廊上，晦暗的燭火在牆邊整齊排列，映照他們稚氣的臉頰，並拉長他們身後的影子。

兩位實習生在艾迪恩的左右邊，開心聊天的聲音蓋過了寂寞的腳步回聲。

「太好了，剛才聽說要去修窗戶，但我們根本不敢爬高……想說去附近看看有沒有誰願意幫忙，幸好在禁閉室遇到你呢！」黑色頭髮的實習生笑嘻嘻的搭著艾迪恩的肩膀，猜測道：「看你年紀跟我們差不多大，應該也是十三歲吧！這麼年輕就當上牧師了，好厲害喔！一定跟膽子大有關係吧！」

「……大概吧。」艾迪恩感到有點悶，沒看對方，其實他快二十歲了，而且當上牧師之後，考了N年的考試從來沒過關，只能當萬年牧師。

另一邊咖啡色頭髮的男孩笑著點頭，「我聽到奇怪的聲音後，然後開門就看到你了，你應該是誤闖吧？聽說禁閉室的門從裡面打不開呢，還好被我們發現了，不然你一定很困擾吧！」

「嗯。」聽到他的話，艾迪恩心虛的看向他處，然後點頭回應。

是啊，禁閉室對艾迪恩來說就像廚房一樣熟，他當然知道從裡面是打不開的。艾迪恩記得第一次進去的時候受不了，就把門拆了，然後主教一怒之下將他的懺悔時間變成十倍，從此以後他就學乖了。

「哎呀，怎麼不說話？原來這麼怕生啊？」黑髮男孩調皮的笑了，得寸進尺的捏艾迪恩的右臉頰，「你不說話的話感覺好像女生，哈！」

聽到自己最討厭的話，艾迪恩不耐煩的以眼角瞟對方一眼。

「你別這樣啦！他可是答應要幫我們的人耶，這樣很沒禮貌！」咖啡色頭髮的男孩撥開他的手，親暱的挽起艾迪恩的臂彎，「好不容易遇到身高和我差不多的男生，好開心啊！讓我們一起長高吧！」

再一次被說到痛處，艾迪恩火氣漸漸高漲起來，但不想破被懲罰的新紀錄——出了禁閉室不到三分鐘又被關進去——只好忍耐。

再說現在他怎麼可能還會長高？早在五年前，艾迪恩已經注定成為矮子一員了！

沿著走廊走了一會，三人穿過一條幽暗的小迴廊之後，終於來到明亮的待客大廳。大廳部分是由上個世紀最有名的工匠普蕾卡所設計，四周採用巴洛克風格的浮華設計，卻不失高雅風範，特別是頂端別具匠心，是由彩色玻璃所搭建，特別的具有美感，只可惜因為年久失修，加上昨天發生的地震，上頭應該雕著花蝴蝶的玻璃碎了整片，雖然落在地上的已經被清掃乾淨，但上頭卻空空的，還未補上。

到了這裡，艾迪恩發現有不少實習生與工匠都在忙著上漆、擦拭，因為要大規模的整修大廳，所以忙得焦頭爛額。他在這裡待了這麼多年，從沒看過大家這麼用心保養，他猜測八成是有哪位有權有勢的人今天要來拜訪……

這麼一想，艾迪恩突然明白為何主教千方百計要把自己關起來了。

「就是那邊！」咖啡色頭髮的男孩終於鬆開艾迪恩的手臂，指著在牆角支柱旁邊高處破損一半的裝飾彩窗。

艾迪恩轉頭看去，牆邊早就搭好鐵梯了，工具袋都放在梯子腳邊。

「要用槌子把殘餘的玻璃打碎後，再將新的玻璃裝上去。不過實在太高了……」

「喔，這簡單。」艾迪恩走上前去，輕輕鬆鬆就將重達十公斤的工具袋一舉扛在右肩上，然後不顧兩名實習生一臉錯愕的臉，僅以單手扶著鐵梯，毫不猶豫的爬到將近十公尺高的窗邊，俐落的動作就連猴子都自嘆不如。

艾迪恩低頭，見兩名實習生瞠目結舌的望著自己，「是將這窗拆了對吧？」

「啊、是的！」咖啡色頭髮實習生趕緊回應。

艾迪恩隨手從工具袋裡抽出鐵鎚，這東西對他而言大概跟羽毛差不多輕，隨手繞指一轉，二話不說立刻朝著殘破的老舊玻璃敲下去。

「匡磅！」

這一錘下去，殘存的玻璃果然如願的嘩啦啦墜落沒錯……不過艾迪恩一時忘了收力道，居然連旁邊的強化金屬窗框、以及旁邊的支柱也遭到波及而產生龜裂，裂痕一直蔓延到中段部分。

這動靜引來在場所有人的注意，全都愣愣的抬頭望向艾迪恩。

艾迪恩瞪了一眼明明需要三人合抱、卻意外脆弱的灰色柱子，咕噥一聲：「中看不重用。」接著，看準了另外一邊也要敲碎的殘餘玻璃。

當艾迪恩猛力一搥下去，艾迪恩才驚覺原來目標距離比自己目測的還長，簡單來說就是手短。然後因為突來的重心偏移，腳下梯子不穩的大幅度晃動，艾迪恩反射性將身體挪向較輕的地方想平衡擺盪，但整個人卻非常迅速的撞上那本就快倒了的柱子。更不巧的是，艾迪恩手裡的槌子因重心不穩而揮動，不偏不倚直接砸中了柱子。

「轟隆隆隆！」

一陣象徵慘劇即將發生的轟隆聲響，瞬間充斥在這座歷史悠久的教堂，內部每個角落的人都能清楚感受到空氣抖動，接著睜著一雙無辜的眼抬頭望著靜默以對的天花板，上頭的吊燈輕輕左右晃動。

被打中的支柱雖然已經裂得有如蛛網，看不出完整之處了，但是當聲響漸漸平息下來後，卻沒有動靜，讓在場的所有人都不禁鬆了口氣。

「嘎咿——」

此時，教會的深紅色大門緩緩打開了。

在背光的剪影中，一位白髮蒼蒼卻臉色紅潤的老者，穿著象徵聖職者最高地位的雪白色帶金邊的長袍。他挽著雪白的長鬍子，單腳跨入教堂，「呵呵呵，上次回來，已經是二十年前的事情……」

「轟轟轟——」

同一秒，那不穩的柱子發出詭異的聲響。

「喔？」老者和顏悅色的抬頭上望。

誰知道早就巴不得快點垮下來的柱子真的崩解下來了！而且連帶附近的天花板也跟著崩塌！

老者瞠目結舌的望著這堆石塊，伴隨著幾尊天使雕像的碎片嘩啦啦墜了下來。

第一章 被驅逐的暴力牧師

「你這個蠢材！」

主教的厲吼聲充斥在禁閉室內，震得艾迪恩的耳朵嗡嗚作響。

「什麼時候不闖禍，現在居然把全國數一數二、最具公信力的主教活埋！我的天啊！還好他人沒怎樣，但他現在可是發誓再也不進入我們教會了啊！」身穿一襲聖潔白與藍構成的服裝，主教惱怒的抓下自己的帽子，露出頂上的地中海禿，在金色十字架下映照成光暈，如雞蛋般渾亮。

看主教氣急敗壞在窄小的禁閉室中走來走去，艾迪恩覺得有必要替自己解釋一下：「是柱子太脆弱了，也許該改強一點。」

「脆弱？」沒想到主教則是一臉誇張的瞪大眼睛，又吼道：「你這小兔崽子沒反省就算了，現在居然還敢羞辱偉大的設計師！」

「花花綠綠難看死了……全黑不就好了。」連玻璃都不用擦了，多方便？艾迪恩一不小心將自己心中的想法說溜嘴，當他下意識閉上嘴巴之時，早就已經來不及了。

因為主教整張臉都氣得發紫，眼睛瞪得跟牛眼一樣大，全身顫抖不已，似乎只要一顆灰塵大小的火花就能讓他的怒氣將整間禁閉室炸碎。

主教從喉中發出近乎低吼的聲音：「混帳東西！黑色可是象徵惡魔的顏色啊！豈能讓它汙染我們神聖的教會！」口水噴了艾迪恩滿臉。

「……主教，你不是說過不能在教堂罵髒話？」偏偏艾迪恩還是不懂讀人臉色，淡淡的說出這句令主教情緒大崩盤的話。

「該死！竟然教訓起我來了！」主教終於忍無可忍，向來總是慈眉善目的他，忍了好幾年，終於再也無法忍了，怒目豎眉大吼大叫：「艾迪恩——你！給我滾！」

宣布艾迪恩人生的大逆轉，這聲音在禁閉室內迴盪不已。

◆※◆※◎※◆※◆

被主教宣布逐出後，艾迪恩只能帶著少到不能再少的家當，還有幾件衣物，離開了這座位在山中的古老教會。

因為不知道該往哪走，艾迪恩只好一路往山下的方向前進。

天氣看起來陰沉沉的，就連走在樹林之間的艾迪恩都能感到風中的一絲絲寒意。

他抬頭望著枝葉間露出來的灰暗天空，漫不經心踢著森林小徑無辜的小石塊，雖然心情上沒有太大的起伏或遺憾，但還是有種茫然的感覺。

從小就渾渾噩噩踏上牧師之路的他，從來沒想過做除了牧師以外的職業，就算發現自己的天分、志趣完全與其他教會人員不同，但對未來其實也沒多大期許的艾迪恩，就一直得過且過的走到現在。

大概本來就不是很喜歡留在教會，所以即便被逐出，他也沒有多大的不捨。只是離開熟悉的地方，被迫踏上未知的旅途，還是令他感到有點不安。

所謂容身之地，對艾迪恩來說還是個很抽象的感覺，但他可以很明白的知道，教會絕對不是一個令他感到安心的地方。

想到這，艾迪恩突然停下腳步，凝視著躲在半邊雲層的太陽，然後像是要說給誰聽那樣，他指著太陽鄭重宣告，「我就不信找不到歸屬地。我一定能證明自己存在的價值！」

說著，他的胸中竟然也浮現出被激勵的勇氣。

鼓足士氣，他大步沿著小徑向下走去，總算來到山腰間寬闊的大路。這裡是大型的馬車會經過的路段，艾迪恩會記得這地方，是因為以前還是實習生的時候被叫去跑腿時，曾經在這裡等過到城鎮的馬車。

只是，這附近除了那根看起來受盡風霜、上頭模模糊糊寫著站名的木製站牌以外，旁邊不是樹木就是花草，無聊得要命就是了。

才剛剛許下大志的艾迪恩站在站牌前，從口袋裡拿出一些零錢，算一算應該還夠坐車到城市裡，也就不往前走，站在這裡等著。

艾迪恩無聊中，看看這周遭的景色。

明明對這裡也沒多大的感情，可是當想到「不會再回來」的時候，艾迪恩多少還是感覺到些許的離愁。

「喀啦喀啦——」

「馬車來了？真快。」

聽到車輪滾動的聲音自道路的右方傳來，艾迪恩下意識的往右看去，果然看見一輛疾馳的馬車正往他前方奔馳而來。

馬車由兩匹黑身白足的馬拉著跑，不知道是不是錯覺，艾迪恩覺得車夫甩鞭子的速度有點急促，表情好像頗怪？

他舉手示意要上車，但是馬車卻壓根兒沒有停下來的意思，從他面前呼嘯而過。車輪揚起的灰塵撲向艾迪恩，瞬間將他變成了小灰人，本該柔順服貼的金髮也硬生生被吹亂。

艾迪恩還來不及發怒，就發覺後方有兩、三頭紫色的貪婪蜥蜴追來，每一頭至少有三噸那麼重，牠們張開大嘴橫衝直撞，雖然頭大身小，爬行的姿態很古怪，但速度居然一點也不亞於疾馳中的馬車。

雖然不明白馬車到底是怎樣槓上這幾頭蜥蜴的，但這班馬車若是跑掉，他可得在這裡等上大半天啊！

「該死！」

艾迪恩咬牙，隨手抓起擱置在圍牆旁的四輪拖車充當滑板站了上去，看準現在馬車奔馳的方向是下坡，他奮力以腳划動。當拖車馳騁在這條崎嶇不平的路面上時，不斷發出喀啦喀啦的聲響，簡直像要解體那樣震盪不已。

艾迪恩看著那些該死的蜥蜴，從懷中摸出那本隨身攜帶的藍皮聖經，在其發出金色的魔法光輝之中，抽出一把慣用的流星錘，上頭還有著教會十字架的印記。

他收回聖經，轉身將流星錘朝著三隻不知大難臨頭的蜥蜴猛揮過去，「看招！」

「嘎嗚！」突然遭受重擊的蜥蜴們尖叫一聲，瞬間化為天空中最閃亮的三顆星。

「嗯，不錯的弧度。」

艾迪恩滿意的看著自己的傑作，悠然回頭，卻驚見自己乘坐的四輪拖車，正以驚人的神速衝撞上馬車的車廂。

「砰！」

一聲驚動天地的碰撞聲響徹整座山頭。

艾迪恩仗著自己的敏捷行動，勉強在撞上的零點幾秒前跳開，但馬車廂可就沒那麼幸運了。這突來的衝撞使車夫措手不及擦撞上山壁，然後，一側的車輪毀損，受驚嚇的兩匹馬兒掙脫韁繩逃走了，而屁股破了一個大洞的車廂翻了過來，尚在的兩個輪子空轉著。

是的，艾迪恩又闖禍了。

艾迪恩望著破了個大洞，還有壞得不成原樣的四輪拖車，淡淡的說了一句不負責任的話：「……就連山下的東西都這麼脆弱。」

雖然車夫被甩下馬車，但他順著力道在地面滾個幾圈，所幸僅有些許皮肉傷。車夫整個人愣坐在原地，驚魂未定的看著殘破的馬車碎片。

從破洞口向車廂裡面看去，好像空無一人。

「噢……痛死我了……」

艾迪恩原本想略過，落實不知者無罪的真理，但卻因為聽見一聲哀鳴而不得已停下腳步。當他回頭，恰好與一個穿著看起來有點老氣，頂著藍色的俐落短髮，年紀大約十七歲出頭的鄉下劍士對上眼。

「啊……」鄉下劍士看見艾迪恩的瞬間，先是像是喜極而泣紅了眼眶，然後震驚的張大嘴巴，驚喜道：「天！我終於找到妳了！」

「啊？」艾迪恩挑眉，再次打量這個陌生人，確定自己對他沒印象。

「是我啊！歐里弗．雷昂……」歐里弗激動的衝上前去，但突然想到對方不認識自己而緩下腳步。他搔搔頭，「抱歉，我太激動了，畢竟祂說的另一個『妳』應該是沒有見過我的嘛……話說妳的聲音還真低沉呢？」

艾迪恩比較在意為何他老弄錯稱謂，「……是嗎？」

「嗯啊，妳跟那麼可愛的祂長得一模一樣，但祂的聲音可是比任何女孩的聲音都還清甜……」歐里弗不顧艾迪恩滿頭困惑，自顧自的陶醉在自己的回憶裡，「可是妳聲音這麼低，我還以為妳是男孩子呢，哈哈哈哈——」

「嗯，我是啊。」艾迪恩毫不猶豫的澄清。

「啊？」歐里弗一下子沒聽清楚，暫且緩下笑聲，他望著艾迪恩與自己熟悉的可愛女孩一模一樣的臉龐，嘴角忍不住笑意的揚起，「妳剛剛在說什麼？可以再說一次嗎？」然後笑咪咪的牽起他的手。

艾迪恩甩開了他的手，低聲說：「我說，『我是男的』。你看我的牧師服就知道了。」同時，手被歐里弗碰過的地方在衣服上擦了擦。

「啊？」歐里弗沉浸在幸福之中，神經一下子沒接上大腦。但沉默的三秒過去，他終於理解了，隨即臉色大變，震驚的退後好幾步，「什麼！妳說、不，你說……你是男生？」

艾迪恩點頭。

歐里弗苦惱的雙手抱頭，頭頂上飄浮著黑色的烏雲，整個人陷入了絕望的深淵之中，「怎、怎麼會這樣……命運之神啊！為什麼祢要這樣折磨我啊！」

在一旁的艾迪恩，默默看著歐里弗從天堂莫名其妙跌落地獄的模樣，除了困惑之外就是無言。他看了一眼毀損的馬車，猜想應該不久之後就會有人發現，自己得快閃才行。

「掰。」艾迪恩丟下這句話，轉身想走。

「咦？等、等等、等等！別走啊！」歐里弗卻突然像隻章魚那樣黏了過來，一把鼻涕、一把眼淚的抓著艾迪恩的肩膀，「你怎麼忍心拋下我一個人？我可是找了你快十年了啊啊啊啊！」

艾迪恩嫌惡的撥開他的手，「不認識。」

「別這麼無情嘛！」歐里弗再次握住他的手，因為內心的糾結而使得自己渾身顫抖，但想念那個人的力量壓過了羞恥的界線，「無、無論如何，請和我結婚吧！我會照顧妳……你一輩子的！」

聲音之大，就連森林裡的鳥兒都被嚇飛了。

艾迪恩瞇眼，怒意滿點的盯著這隻騷擾的章魚臭手，眉毛微微抖動，「去死！」隨即毫不猶豫的用手刀直襲他的手背。

喀啦一聲響，歐里弗的手背骨整齊的斷了。

「哇喔喔喔喔！好、好痛啊啊啊——」歐里弗瞪大的眼睛浮出淚水，突來的劇痛使他誇張的跳起來大叫，原本反射性要甩手，但一動就痛得要他昏厥。他右手抓著受傷手的左手腕，急道：「治療！我需要治療！」

沒想到居然還有人敢向自己要求治療，艾迪恩揚起一邊眉毛，淡定道：「結果怎樣我可不管哦。」

「沒關係！快！」歐里弗懇求。

「嗯。」艾迪恩一把抓過他的左手，將自己的右掌靠過去，有點生疏的吟唱出已經至少三年以上沒有用過的治癒術……

◆※◆※◎※◆※◆

「等等我啊！」

艾迪恩都沿著山路走了一大段，但歐里弗那傢伙還是不肯放棄糾纏他，一路跟了過來，就算艾迪恩加快腳步，對他的話充耳不聞，他還是能一個勁的說個沒完。

——簡直快煩死了！

歐里弗大難不死，但骨折的手上纏了好大一捆的白色繃帶，「等等我啊！你把我的手弄成這樣就跑，太不夠意思了吧！」他好不容易才趕上艾迪恩，搭著對方的肩，揮一把頭上的汗水。

閃閃發亮的眼神有種莫名的……曖昧？

二話不說，艾迪恩嫌惡的撥開他的手，「幫你包紮已經夠仁慈了，滾！否則另一隻手也……」

艾迪恩不符合可愛外表的彎折著指關節，「喀啦！喀啦！」的聲響使歐里弗退開一步。

「哈、哈哈哈！這就不用了……」歐里弗左額掛著冷汗，笑嘻嘻退開幾步，「是說，你大包小包的是要去哪？」

「不知道。」艾迪恩停下腳步，自山路往下望去綿延的綠林。山下那如此寬闊的世界，不知道是否真有自己的容身之處？

「啊，這麼巧，我也是要去……欸？不知道？」歐里弗愣愣的張大眼睛。

「很怪？」艾迪恩挑眉。

「沒……我知道了，你一定是在尋找人生的出口對吧！啊，到這年紀難免會多愁善感一點，我了的啦！」歐里弗說著說著，手就自然而然的搭在艾迪恩的肩膀上，兩人身高差一顆頭，他非常輕鬆，「如何，讓我們一起去尋找人生的真諦吧！」還煞有其事的回頭對艾迪恩勾起嘴角一笑。

艾迪恩只感到一陣惡寒自背脊滑過。

「滾！」艾迪恩完全不領情的甩開他的手，雖然他已經收力了，但這還是令歐里弗的肩膀差點扭到。

歐里弗忍痛，一把鼻涕、一把眼淚的追了上去，「別這麼無情嘛。」

想當然耳，艾迪恩根本不想管他，加快腳步走自己的路，把歐里弗的無病呻吟當作耳邊風。他只希望能走快點，早點到達山腳下最近的城鎮，讓這隻不知道哪裡飛來糾纏的蒼蠅能自己消失。

不過，遺憾的是，歐里弗似乎根本沒離開的打算。即便艾迪恩一路自己走到半山腰，他還是像隻跟屁蟲一樣緊跟在後，劈里啪啦的自我介紹，活像強迫推銷，哪管艾迪恩壓根兒不想理他。

當艾迪恩踏入這座靠山面海的城鎮，迎面而來的海風捎來陣陣暖意。他抬頭望向海鷗滑過一望無際的湛藍大海，散立在綠色山頭的紅色屋頂，彷彿一朵朵在夏日薰風中盛開的紅花。

艾迪恩有個直覺，這裡的人會需要他。

他這樣想著，便大步踏進了城鎮。

但是說也奇怪，外表光鮮亮麗、充斥和平的城鎮，走近看後才發現這些白牆紅瓦的屋子其實斑駁不堪，而且有不少房舍早已荒廢，被荒煙蔓草覆蓋。街上的人們看起來疲憊又瘦弱，似乎已經好一陣子沒有溫飽了，各個面黃肌瘦，一看到外地人，只不過稍稍打量個幾眼就離開了。

那眼神別說是好奇了，根本連理都不想理。

「等等我啊！」被拋棄在後頭的歐里弗加快腳步，氣喘吁吁追了上來，「寶貝，你走那麼快，我──噢！」

在受到路人側目的同時，艾迪恩毫不留情的朝他鼻子揮一拳，制止他令人懷疑的言語。

艾迪恩的語氣已經開始不耐煩了，「別跟著我。」

「別這麼說嘛！在家靠家人，出外靠朋友啊！所以……」歐里弗發現他的右手又有舉起來的跡象，當下摀著嘴巴，過一會兒沒事，這才笑嘻嘻的鬆開手，「靠我這個男朋友──嗚喔！」

卻沒想到他再次慘遭艾迪恩直襲鼻梁！

歐里弗痛得趕緊摀住鼻子，嗅到血腥味，鬆開手，果然發現自己正在流鼻血，不禁一驚，「寶貝……艾迪恩，你下手也太狠了吧！」

幸好在艾迪恩冷眼掃來的前一刻，歐里弗立刻改掉稱呼，才沒再挨揍。

「再有下次，絕不饒你。」艾迪恩下最後通牒。

「哈、哈哈……」歐里弗發現不少路人停下來看熱鬧，尷尬的笑了幾聲，「好吧……我會盡量忍耐……」說著，深情款款的視線不曾改變過。

艾迪恩決定忽視他，轉身打算要走時，卻瞥見有個男子氣呼呼的衝出屋子，懷裡抱著一個青色花瓶，後頭急忙跟來一個婦女，她拚了命攔住他捧花瓶，哭喊著。

「不要、快住手啊！」

「我都看到了！這東西裡面鐵定躲了什麼！」

「不可能啊！快放下來，東西都被貴族們搜刮，就只剩下它了呀！」

「快放開我！不然我就不客氣了——欸？」

就在兩人爭吵不休之時，男子突然感到懷裡一輕，愣愣的回頭，這才看見艾迪恩不知何時已經跑上前來，還將花瓶以單手輕而易舉的離地扛起，不禁愣得瞪大眼睛。那女人也是。

「這花瓶怎麼了？」艾迪恩問。

「就前幾天，我發現隔壁鄰居都會跑來對這花瓶說話，有說有笑……」那男子感到恐懼似的搓著自己的手臂，「可是他突然生了一場怪病，沒多久就死了……接下來看到一隻貓、一個老人……後來也都……這花瓶鐵定邪門！我要毀了它！」

「喔。」艾迪恩一聽，想都沒想的當場將花瓶砸在地上。

「匡磅——」

除了艾迪恩一臉鎮靜之外，在場的人都傻眼了。

「不！」女子嚇得驚慌失措的趴在滿是碎片的地上，她慌張的收集碎片，「不行啊！這可是母親唯一的遺物，說什麼也不能砸的啊！天啊——」

「是我幹的！不是我老婆……艾迪恩的錯！」歐里弗二話不說，立刻擋在艾迪恩前方，說到一半還因為感覺背後凝聚的殺氣而及時改口。

附近的鄰居聽見騷動都紛紛探頭，見現場越來越多人聚集過來，遲鈍的艾迪恩終於覺得不對勁，「……所以不能砸？」但此時，他瞥見隱約有黑色的影子在破碎的花盆底下抖動，他抓起流星鍾，朝著那方向砸去。

在眾人一臉錯愕的望著碎片爆散之際，同時也看見有個黑色的東西自眼前瞬閃而過，飛快鑽入暗巷之中，銷匿了蹤跡。

「那是啥！」

「黑色的東西！是惡魔吧……惡魔啊！」

眾人一陣譁然，就連當初反對砸毀花瓶的婦人也大驚失色，跌坐在地上，「這、這到底是怎麼回事？」

「看吧！我就說我沒看錯了！」男子激動的大叫，繞過傻眼中的歐里弗，拉過艾迪恩的手說：「這位能一眼看穿惡魔藏匿處，絕對是超強的驅魔師！他一定是來幫助我們的！」

面對大家閃亮的眼神，手被拉高的艾迪恩皺眉，「不，我……」

「沒錯！他確實是很強（暴力）的牧師！相信他準沒錯！」歐里弗瞪了一眼那男子，將艾迪恩的手拉回來，像是要擦掉什麼髒東西似的，將他的手往自己衣襬抹了幾下，「像我骨折的這隻……」

「偉大的牧師大人！幫助我們吧！」

「驅趕那隻惡魔吧！」

但是大家都只有聽到前半段，就一窩蜂的衝過來，將艾迪恩團團包圍，反而剛才幫忙背書的歐里弗被推到一旁去，活像個深宮怨婦那樣跌倒在地也沒人管他。

第一次被崇拜視線環繞的艾迪恩，不禁感到飄飄然。

——沒錯……也許這裡就是我要找的地方。

——一個真正需要我的地方！

第二章 絕對不要和惡魔玩捉迷藏！

點頭答應要幫助鎮民們的艾迪恩，被那名在家裡發現惡魔的男子收留，而同樣沾光的歐里弗也受邀。

在這空間雖不小，但是一切簡陋的小民房裡，艾迪恩很快就適應了。因為夫妻倆對他們是畢恭畢敬，他覺得有人隨招隨到還真是方便，而且這房間其實比起以前他住的宿舍還要舒適多了。

但歐里弗不安的在房間張望，自窗邊又走到門口好幾次，看得他都煩了。

不過，艾迪恩真正想問的是——為啥這陰魂不散的傢伙會在這！

感受到艾迪恩充滿不滿的視線，歐里弗停下腳步，搔著頭，「……呃，我沒想到他們誤會了啦，還是我現在去跟他們講……」

原來他誤會了艾迪恩敵意視線的理由。

艾迪恩挑眉，搖頭道：「不，沒必要。可疑的東西全砸碎，管他惡魔還是妖怪，全揍飛就是了。」

歐里弗終於發現不對勁，「呃……所以剛才你摔花瓶……不是看到惡魔？」

「那種東西我根本看不到。」艾迪恩頓了半秒，「附身狀態或高階就行……嗯，剛從附著的身體之中溜出來的也能看到。」

「可是那些狀態下，一般人也看得到不是嗎？」歐里弗抹臉。

「嗯，我對這方面沒任何天賦。」艾迪恩絲毫不避諱的說，然後因為覺得有點想睡而稍稍垂下頭。

歐里弗誤以為自己踩到艾迪恩內心的脆弱，二話不說衝上前，讓他的頭靠在自己的肩膀，自以為帥氣的說：「別擔心，你就是你，我會永遠陪在你身邊……噢！」

但話還沒說完，他就被艾迪恩踹下床去。

艾迪恩嘖了聲，一臉嫌惡，「外面的，把這垃圾丟了。」

門很快就打開了，夫妻倆笑咪咪的走進來，看了一眼倒在地上抱著肚子的歐里弗，不知為何笑得有點曖昧。

「嘎啊——」

就在兩人合力要將歐里弗拉出去的時候，門外傳來一陣女人的驚聲尖叫。那刺耳的聲音鑽進房間裡，使夫妻倆停下動作，而歐里弗又悲慘的被摔在地上，撞到鼻梁，痛得他摀住鼻子。

艾迪恩機警起身，將放在床頭櫃上的偽裝聖經拿在手上。

「噠噠噠——砰！」

走廊外傳出飛馳而來的腳步聲，隨後砰的一聲開啟了門。

「我看見了！」年輕的少女從門口跌跌撞撞的衝進來，「在庭院那裡！我看見有奇怪的影子躲在貓的身上！牠鑽進樹叢裡面！還沒出來！」

夫妻倆外加倒在地上的歐里弗驚呼：「什麼！」

「帶路。」艾迪恩抽出流星錘。

少女連忙點頭，領著艾迪恩與歐里弗穿過走廊，打開在廚房的後門，一路來到房舍外圍的小花園。

只見花園裡亂糟糟的一整片，原本打理整齊的花草還有蔬菜園都被弄得亂七八糟，到處都有爪痕破壞的痕跡，但並沒看到罪魁禍首的影子。

「不——都已經快要收成了啊！」婦人驚叫一聲，抱著地上被土蓋了大半的胡蘿蔔，哭喪著臉，「食物還有錢都被徵收走了，現在連僅有的一點蔬菜都被毀壞，這樣我們一家人今天開始要吃什麼呀！」

她哭喊的聲音實在太淒厲，艾迪恩不耐的抖了兩下眉毛。

歐里弗打個大噴嚏，無辜的揉揉鼻子，問：「徵收？怎麼回事？」

但此話一出，這一家子的表情變得異常沉重。

黝黑的男子搖頭，皺著眉頭，魚尾紋又深又長，「說來話長……前陣子新任的伯爵上任，我們整個東北區域領地的賦稅整整重了兩倍。以前付了每年的賦稅還勉強能過活，能存點小錢……現在則得煩惱今年冬天過不過得去……聽說沒繳出錢來的，要被趕去蠻荒的都市搭建什麼馬戲團樂園……」

「他們簡直就是吸血鬼！」婦人不死心的從慘不忍睹的蔬菜中找出勉強還能吃的部分，瞪大充滿血絲的眼睛，怒道：「他們根本不管我們的死活！每天穿金戴銀、吃奢華的食物、訂做根本穿不到幾次的禮服！那些全都是從我們身上剝削而來的啊！如果我餓死，做鬼也饒不了他們！」

婦人的表情咄咄逼人起來，甚至激動到讓歐里弗有點怕，一旁的少女趕緊拉住她的臂彎，「媽！」

少女這麼一喊，婦人這才清醒過來。她扶著額頭，腳步有點不穩，「唉唉……我也不知道是怎麼了……抱歉。」

「妳先休息吧，這裡有牧師大人在，沒問題的。」丈夫體貼的說著，看了一眼放置在牆邊的整地用耙子。

「沙沙。」

就在此時，左方樹葉幾乎掉光的樹叢裡傳來騷動。

「！」所有人幾乎同時朝那方向望去。

艾迪恩眼角捕捉到一道黑影衝出。他的視線追著那速度極快的影子跑，直到那身影停下——是一隻渾身漆黑的長毛黑貓。

牠趴低身姿，齜牙咧嘴，從喉間發出陣陣的低沉怒吼，渾身的毛髮豎起，讓牠看起來體型大上一倍。仔細一看，牠的雙眼是不尋常的鮮紅色，而瞳孔中心有金色的五芒星。

是惡魔！

黑貓朝著少女飛撲而去，利爪顯露。

「嘎啊！」

少女驚愕大叫，蹲在地抱著頭。

眼看黑貓就要撲上她，動作迅速的艾迪恩僅以幾毫秒之差出手，眼看流星錘就要招呼到黑貓身上，可是黑貓及時察覺，竟然閃過這致命的一擊。牠俐落的在空中翻個圈，穩穩著地，怒視著艾迪恩。

「退後。」

艾迪恩回頭對嚇壞的一家人使眼色。

他們朝後退，貼在牆面，三人瑟縮的抱成一團。

「寶貝！我來保護你！」歐里弗這才驚醒，手忙腳亂的拔出劍來，但是衝向惡魔之時，鼻子卻又發癢打個世紀大噴嚏，「哈啾！」

黑貓毫不猶豫的將他撞倒在地，「喵！」

而跌個狗吃屎的歐里弗剛好倒在艾迪恩腳邊，艾迪恩連看都不看一眼，直接朝他身上踩了過去。歐里弗悶哼一聲，這一腳實在不輕，他有種肋骨斷掉的錯覺，偏偏噴嚏停不下來，痛得他一時間無法動作。

「去死！」艾迪恩朝黑貓甩出流星錘。

黑貓靈巧的一個閃身，又閃過了艾迪恩的直襲。

不過就在黑貓輕巧著地、踏出步伐要朝艾迪恩側面死角發動攻擊之時，艾迪恩卻老早識破了牠的計謀，扭轉上身，僅幾公分的距離避開攻勢，並且以流星錘握柄處直擊黑貓的後腦勺。

「喵嗚！」

黑貓慘叫一聲，嬌小的身軀順著力道滾了幾圈。

這一擊使黑貓受到致命傷害，在花圃圍籬旁倒地不起，可憐兮兮的顫抖著。

艾迪恩冷哼一聲，「真弱。」正打算上前給牠最後致命的一擊。

附身在貓身上的邪靈感到宿主已經不行了，竟然吞噬掉黑貓的身軀，在艾迪恩發現並試圖追來之際，黑影鑽過籬笆的隙縫，消失了蹤影。

就連貓的身軀也化為黑色塵埃，消失殆盡。

「我的天啊——」婦人哀嗚一聲，暈倒。

「老婆！」

「媽！」

男人與少女趕緊上前攙扶婦人，可是她渾身軟綿綿的，加上體重不輕，反而是兩人被拖倒，看起來有點慘。

「該死！」艾迪恩嘖聲，舉起流星錘，眼看就要朝無辜的籬笆招呼過去。

「不行啊！」歐里弗驚出一身冷汗，哪管身上外傷內傷一大堆，飛也似的衝上前去阻攔。

誰知道艾迪恩揮出的流星錘卻剛好不偏不倚命中歐里弗的胸口，「噢！」他朝後滾了幾圈，呈現吃土的慘樣。

「？」艾迪恩回頭看他一眼，又轉過頭去。

歐里弗欲哭無淚伸出顫抖的右手，「等等！至少要關心我一下吧！」

「這不是很好嗎？」艾迪恩沒好氣的瞟他一眼，卻想起什麼似的蹙眉，「……頭一次遇到被我砸了三次還沒住院的傢伙？」

就某種意義來說，艾迪恩對歐里弗的耐打程度感到欽佩。

「砰砰砰！」

不遠處傳來拳頭重重搥木門的聲響，艾迪恩抬頭，但因為身高不足，視野被該死的圍籬擋住了。

「都這個時間了……」一旁的少女害怕得挽著父親的手臂，渾身瑟瑟發抖，「聽說隔壁的丹尼先生沒有繳夠稅……今天他們又來了嗎？丹尼先生怎麼可能交出那麼一大筆錢……」

男人以大手護著少女的頭，表情沉痛，卻也無可奈何，畢竟他光是保護家人就已經筋疲力竭了。

這情景看在艾迪恩的眼裡，他不自覺的握起拳頭。

——這種以大欺小的事情最可惡了，貴族真是仗勢欺人的惡徒，根本是莫名其妙，為何我們這些低層的人就該被犧牲？簡直就像那個禿驢一樣……面對高層盡情討好，卻把我趕出來。

——不可原諒！

「唉，真是太可惡了……」歐里弗扶著悶痛的胸口，內心也跟著忿忿不平。他突然想到什麼似的看向艾迪恩，「不然這樣好了，我們去和——」悠然回頭卻驚見艾迪恩朝著倒楣的圍籬甩下流星錘的那一瞬間。

「砰轟轟！」

只見一片飛灰瀰漫，以實木搭建而成的圍籬被艾迪恩拆了，木塊接二連三的垮下來。一家人都傻眼了，而歐里弗的表情更是誇張，幾乎已經呈現某種看見火山當場爆發的驚恐表情。

艾迪恩本人絲毫沒察覺，身影消失在灰煙中。

「等、等等我啊！」

歐里弗匆匆向這家人道歉，但在聽到對方要求賠償之後，卻轉身趕緊拔腿追向艾迪恩。

◆※◆※◎※◆※◆

圍欄被轟爛的噪音傳遍了整座城鎮，被驚醒的人們不是跑出屋外看，就是打開窗戶看到底是怎麼回事。

但他們只看見一個金髮碧眼，身材嬌小的少女抓著不符形象的流星錘，一個箭步衝向崩塌圍牆的隔壁民家。之後居民仔細一看才發現少女身穿牧師服是個男孩，但還是不清楚他現在的行為是為了什麼。

這時，後頭有個看起來土氣的劍士追著他，寶貝寶貝叫個不停，使他們不禁猜疑這兩人之間到底有什麼曖昧的關係……直到小個子揍了劍士一拳，他們才恍然大悟原來有病的只有一個人。

大家都好奇他們想做什麼，竊竊私語。

而附近，丹尼先生錯愕的望著鄰居的圍牆應聲崩毀，一時都忘了前面這幾個身穿華服、一副凶神惡煞模樣來自家門前討債的使者。而專門收賦稅的人也待在那邊，拿著紙卷，望著來勢洶洶的艾迪恩，嘴巴張得老大。

艾迪恩瞥見黑色的影子鑽進戴著紅帽子的影子中。在眾目睽睽之下，艾迪恩毫無懼色的站在三位使者前，舉起流星錘對著他，「受死吧，惡徒！」

此宣言一出，在場所有人倒抽一口氣。

而前腳剛趕上的歐里弗聽到這句話，差點暈倒。

「從來沒人膽敢用武器指著自己，又出此狂言。」戴紅帽子的人表情垮下來，嘴角在抽搐，「你這傢伙……」

「等等——」歐里弗見狀，笑嘻嘻的搓著手心，趕來打圓場，刻意用自己的身高擋住艾迪恩毫不保留的殺氣，「剛才他說的那些其實是真心話大冒險啦！別在意、別在意！」

艾迪恩推他一把，滿臉不悅，「我說的可是實話。」

「現在也看看情況嘛！」

「不屑這套。」

兩人因為這點而爭執不休起來，而丹尼老先生趁著三名使者傻眼的空檔，偷偷摸摸溜進了屋子，並且「卡！」的一聲鎖上門。

「喂、喂！」其中一名使者在聽見關門聲響這才回神，幾次奮力敲門無效之後，火氣整個上來，該有禮貌的笑容全都消失，三人一臉準備讓對方死很慘的將矛頭指向不請自來的兩人。

「哪來的野蠻人？」拿著紅冊子的使者瞪大眼睛，咄咄逼人的走向艾迪恩，「小鬼，你若不想被關或上絞刑臺，最好現在立刻道歉！」

「道歉也沒用！交出所有值錢的東西來！」

另外一個使者色迷迷的上下打量艾迪恩，嘴角勾起一抹不懷好意的壞笑，「哼，監獄裡的弟兄一定很高興認識你。」說完，伸手要觸碰艾迪恩的下巴。

原本沉浸在懊惱中的歐里弗立刻清醒，上前拉開艾迪恩到自己身邊，在三人亮出槍枝來的時候，也下意識拔劍，「不准欺負我的寶貝……噢！」

歐里弗慘遭艾迪恩無情的一拳，華麗的撲向三名使者，三人毫無預警而跟著被推倒在地。

「我可不會輕易被你們洗腦，冠冕堂皇的掠奪者。」艾迪恩睥睨著倒地的四人，雙眼沒有所謂的情感可言，「那傢伙你們就帶回去吧，我一點興趣也沒有。」

歐里弗欲哭無淚的望著他，「我是你的夥伴啊——」

「這傢伙……」剛才的行動與言語的挑釁，使三名使者火大了。

但就在三人打算要好好教訓一下這個不知天高地厚的小鬼時，艾迪恩瞥見其中一人的影子有不尋常的蠕動，就在其中一人正要對他揮拳之時，他察覺那蠕動的部分居然真的竄了出來，一路衝向丹尼先生的家。

艾迪恩立刻拔腿追去，恰好閃過了朝他飛來的拳頭。那人撲了空，狼狽的跌趴在地上，摔個灰頭土臉。

歐里弗誤會是艾迪恩身手矯健，一臉崇拜道：「真不愧是寶貝！不、不對，誰敢欺負他！」他突然驚醒，也不管自己滿身草屑，迅速的爬起身來，持劍對著兩個也打算動手的使者警戒道：「我來保護你！有我在，啥都不用怕！」

只可惜這一番能使少女怦然心動的宣言，艾迪恩根本連聽都沒聽到。

艾迪恩一個勁的跟著黑影衝進丹尼先生的家，見黑影鑽進門縫，艾迪恩立刻揮舞流星鍾將那扇倒楣的大門轟成兩截。然後艾迪恩無視丹尼驚愕的瞪大眼睛看著他闖入自家門，只管追著黑影四處破壞……

無論是壁爐、隔牆、樓梯、大廳、廚房、臥室、走廊等等，只聽見轟隆隆的連續巨響，這木造的房子當場就嘩啦啦的崩裂了。而丹尼老先生滿身木屑，但唯獨他身邊周遭一公尺沒受到任何破壞，其他地方已經完全變成……露天場所。

一陣大肆破壞之後，反而更找不到黑影躲去哪裡。

艾迪恩蹙眉，環顧一下四周仍無頭緒，「……躲哪去了？」

而這驚人的破壞幾乎只在短短一分鐘內完成，就連三位使者還有歐里弗，外加其他觀看的人都傻眼了，眼睛凸出眼眶幾乎要蹦出來的狀態。

「我、我的房子……」丹尼先生呈現經典的ORZ姿勢，欲哭無淚的望著自己瞬間化成廢墟的家。

三位使者們這才清醒過來，其中一人腿有點軟，但看那麼多人都在看，更是擺出怒火萬分的表情，「妳這傢伙！竟敢拆了我們保護地的民房！要怎麼賠償這可憐的老先生！」

艾迪恩不屑的瞟他一眼，那充滿怒意的眼神使他心跳漏掉半拍。

「一開始欺負人的是你們吧？」

「這……」使者們一時被問得啞口無言。

看總是一副高高在上的貴族使者居然會露出那種心虛表情，仗著艾迪恩在這邊，圍觀的人們壓抑在心中的不滿逐漸膨大，滿腔無處宣洩的怒火此時終於迸發。

「就是啊！」

「你們這些吸乾我們納稅錢享福的吸血鬼！」

「滾出去！給你們的錢還不如丟進海裡！」

高漲的沸騰情緒使場面失控，大家紛紛站出來，你一言、我一句對著三人大聲抗議。向來總是被人恭維的三位使者，面臨眾矢之的的狀態，嚇得魂都快飛掉了。最後三人將所有的怒氣都鎖定在艾迪恩身上。

「你們這些傢伙竟敢如此……反叛的罪有多重，你們就親自體驗吧！」

其中一名使者像是要重新拿回主導權那樣威嚇的大吼，這確實使膽小慣了的人們瞬間鴉雀無聲。

他瞪向艾迪恩，艾迪恩注意到他的右手悄悄去抽掛在皮帶上的槍。

「呃，大家火氣不要那麼大嘛……來來來，先冷靜一下……」歐里弗嗅到空氣中的火藥味越來越濃厚，他趕緊走上前試圖打圓場，但神經大條的他根本沒發覺有人拿槍指著自己。

這時，艾迪恩朝他後腦勺推了一把，歐里弗毫無預警的面部朝地摔去。

「誰啊……」歐里弗生氣的從地上半爬起來，突然驚見一顆子彈朝自己飛來，只見一道身影閃過，鏗鏘一聲，子彈被硬生生彈開。

是艾迪恩及時救了他一命！

「寶貝……」望著艾迪恩的背影，歐里弗有一瞬間感動到無可自拔。

這槍響使附近的人們嚇出一身冷汗，原本鼓譟的情緒也瞬間降溫不少，個個瞬圓眼睛望著那些人。

當威嚇奏效，三人將槍上膛，「去死！」毫不猶豫的朝艾迪恩猛開槍。

艾迪恩不管不顧的在找黑影，但被子彈擦過左臉頰後，他直覺了解得先解決這三個礙眼的傢伙才能做事。他集中精神，眼角捕捉到所有朝自己飛馳而來的子彈，並靈巧的移動步伐朝三人方向急馳而去。

被那道銳利的目光鎖定，三人感到某種原始的恐懼，幾乎要窒息，卻只能絕望的拚命發射子彈。但是三人在心神不定之下根本無法瞄準目標，艾迪恩幾乎連躲都不用躲，輕而易舉達陣。

「喝！」

「我來保護你！」

艾迪恩原本打算朝人揮下流星錘，但腦海突然閃過以前主教把自己臭罵一頓的畫面，轉而祭上一記迴旋踢，將錯愕中的三人、外帶剛從地上爬起的歐里弗全都踹飛。

「噢——」

三人外加歐里弗的慘叫聲傳來，一路撞上丹尼先生家已經半傾斜的殘壁，砰的一聲好響亮，脆弱的牆嘩啦啦墜落，幾乎要將歐里弗淹沒了。

「唔……為啥連我也跟著倒楣啊！」歐里弗哀號道。

「好厲害！」

「懲罰那些大壞蛋吧！」

在圍觀群眾的歡呼聲中，艾迪恩打算趁勝追擊，而吃了苦頭的三名使者一改先前跋扈的模樣，狼狽不堪的求饒。

就在艾迪恩步步逼近貼在牆上嚇得臉色發白的三人之時，他瞥見黑色的影子自斷垣殘壁之中鑽出，一路衝向附近的民宅。

「站住！」

艾迪恩立刻將目標轉向，揮舞著流星錘，追在逃竄的黑影後頭窮追猛打。只見黑影東一閃、西一躍，輕輕鬆鬆從左邊的巷道鑽進右邊的民宅，接著又從煙囪溜出，溜進小巷裡……

「砰！」

發生災禍的這條路被掀了起來。

「轟轟——」

沿著山壁，鎮上右排的整排房子轟然倒塌。

整座依山傍海的城鎮彷彿地牛翻身，不尋常的地震讓它抖動不已。只聽見轟隆隆的躁響環繞著整座城鎮的大街小巷，人群的尖叫聲更是不絕於耳，甚至傳達到遙遠的天邊，遠方山區的人們聽到聲音，錯愕的回頭望去……卻見左方的城鎮不知何時被夷為平地。

而此刻，在一片視野良好，只剩下一片凌亂殘骸的城鎮，艾迪恩的身影居然也有相對顯眼的一天。

在廢墟中，艾迪恩視線掃了一圈，手中拿著肇事的流星錘，「……躲哪去了？」對於整片更該關心的事情毫不留意。

歐里弗從亂石堆中爬出來，滿身白灰，就連頭髮都一夕變白。當他看到這種疑似世界末日的景象時，整個人都傻了。

「天啊……這是……」歐里弗看到這場景忍不住驚呼，卻不經意瞥見有個黑影自暗處竄出，就要衝向艾迪恩背後，「小心！」

聽見呼喊，艾迪恩稍微回頭，以眼角捕捉到殘影逼近而立刻跳開。黑影錯失目標的當下立刻轉向，沒想到歐里弗卻突然擋住它的去路，但回頭又有艾迪恩，黑影最後竄進躲在暗處避難的人群中。

「快、快逃啊！」

人們一看到黑影立刻一窩蜂四散，只有上次收留艾迪恩兩人的那位婦人不小心在混亂中被推倒。來不及逃走的她，被黑影當作首選目標，從她驚愕而大張的口中鑽了進去。

「！」婦人瞪大眼睛，啪的一聲閉緊嘴巴，但已經太晚了。

「媽——」婦人的女兒情緒激動的驚叫。

其他人連忙將少女拉開，就連她的父親為了顧及她的安危，也只能忍痛拉著她往反方向逃。所有的居民都逃光了，而被惡魔附身的婦人駝著背，垂著兩條手臂搖晃，以不尋常的姿態站起身。

以平常人的眼睛來看，婦人外表上看不出來與常人有多大差異。低等級的惡魔還不擅長於操控人類的表情，所以婦人臉上扭曲的模樣令人看得頭皮發麻。

現在小鎮的人都躲得不見蹤影，只剩下歐里弗及艾迪恩兩人。硬要說的話，還有在丹尼先生倒塌的家旁，抱成一團、驚恐萬分望著艾迪恩的三名使者。他們不是不想逃，而是因為太過害怕，腳根本動不了，再加上三人互相妨礙的結果，就是誰也逃不了。

「這……這是傳說中被附身了嗎！哈啾！」歐里弗驚愕萬分，但在這種情況下又連續打了好幾下噴嚏，他狼狽的抹鼻子，隨手從口袋拿出兩塊破布塞住鼻子，「搞啥……偏偏這時候又發作……寶……咳，你有辦法對付嗎？」

艾迪恩其實也是第一次面對惡魔，而且還是附身在人類身上的惡魔。主教千交代萬交代，除非威脅到眾多人生命安危以外，必須先已被寄宿者的生存權利為優先考量，這種規定對向來一擊必殺為原則的艾迪恩來說太過棘手。

因為他打從一開始就打算揍飛對手，但現在似乎不允許這麼做。

「嘻嘻嘻嘻……」被附身的婦人從喉中發出金屬摩擦般的尖銳聲響，眼球不尋常的轉動，「○※＆＃……」它還無法完美的控制人類身體，言語也模糊成一團，像是無意義的尖叫與呻吟。

「天啊！」三名使者看到婦人的樣子時，嚇得魂簡直要飛掉。其中一人終於毅然推開兩名累贅，繞到安全的地方，在夾著尾巴逃走之前還不忘記丟一句狠話：「你這傢伙！給我記住！我絕對讓你吃不完兜著走！」

被丟下的兩人互看一眼，「等、等等我啊！」連滾帶爬的衝向中央那條還勉強能看出原型的大街，轉眼不見蹤影。

只剩下歐里弗與艾迪恩目送他們離開。

「好……好像有點恐怖啊？」這惡魔詭譎的行為使歐里弗渾身起雞皮疙瘩，更何況看到大家都逃光了，更是忐忑，「這種鬼東西我們怎可能——」他伸手想拉艾迪恩離開。

艾迪恩彎折指骨喀啦喀啦響，閃開歐里弗，「踹飛就好。」

「不、等等啊！」歐里弗怕他傷人，趕緊追上去。

而被附身的婦人嗅到殺氣，詭笑著，接著她四足著地，雙手指甲化為黑色的長勾狀，如同野獸般迎面朝艾迪恩拔腿衝去，一路上發出令人不寒而慄的尖銳笑聲。

就在兩方即將相對之時，艾迪恩朝著預定目標，原本反射性要揮流星錘，突然驚覺而收手，而惡魔直撲過來的長爪差點就要掃過他的頸部。艾迪恩在雙方錯身而過的瞬間，以手肘向下撞擊婦人的背部。雖然力氣有收，但婦人仍重重的倒趴在地。

就在此時，震盪使兩者還未完全融合的靈魂錯開，與婦人等高的薄霧狀黑影有一半裸露出形體外。

艾迪恩見這好機會，就要揮舞流星錘對準黑影。

「寶貝讓開！」歐里弗卻突然從另外一邊衝了過來，手中那把廉價的劍居然泛著令人驚豔的銀光，艾迪恩也為之一愣而停下手邊動作。歐里弗魄力十足的朝著黑影斜砍而去，「喝啊啊啊啊！」

「嘎——」

一陣淒厲的慘叫聲劃破寂靜，黑影觸碰到銀光之時化為灰燼。而被附身的婦人瞬間失去支配者，兩眼一翻白，倒趴在地上，陷入昏迷。

劍上的純潔銀光戛然消失，歐里弗架式十足的將劍俐落收回掛在腰間的劍鞘，一抹鼻子，看起來頗為自己的表現感到滿意。

艾迪恩看了一眼婦人，不確定惡魔是否真已被驅逐。他看歐里弗的眼神難得沒有明顯的厭惡之意，「……剛才？你是神聖騎士？」

神聖騎士，是少數具有魔法潛能的騎士才有資格進階成這職業。

除了本身騎士的近戰優勢之外，攻擊力附加聖屬性，更是對抗惡魔的最佳利器。隸屬皇室的神聖騎士團團長雖然還未有教宗的地位，但在貴族意圖叛亂，又有惡魔亂世的混亂時代，驅魔牧師以及神聖騎士的地位水漲船高。

「對啊！我剛通過初階檢定欸，昨天在村裡拿到的！」歐里弗見艾迪恩終於正眼看自己，開心的說得天花亂墜，「雖然說為了獎勵邊疆就業，聽說難度比較低啦，不過據說有這個就能在大城市裡應徵好工作，所以我——」

「沒興趣。」艾迪恩非常直接的打斷他的話，不顧歐里弗一臉受傷的樣子。他盯著對方的劍看，「初階就能如此精準附加屬性？」

看來這傢伙雖然是個變態，還看起來很笨，但似乎不是如此？

被艾迪恩熱烈的視線盯著看，歐里弗不好意思的搔搔頭傻笑，「啊，是有測出魔法潛能而已，還沒真正去學操控……是離開村子的那天，村裡的牧師送我的聖水啦。看，就是這個，真是超有效的耶！」

歐里弗隨手從口袋裡拿出一瓶半透明的玻璃瓶，蓋子部分做成金色十字架。玻璃瓶裡的聖水還剩下約三分之二，是剛才消耗掉了。

「……」艾迪恩看見聖水，再看看歐里弗傻不隆咚的笑臉，瞬間一點點的崇敬消失殆盡，「東西給我，你可以滾了。」說完伸手就想去拿。

「這怎麼行！」歐里弗趕緊將聖水寶貝似的藏進衣襟裡，順手拉過艾迪恩撲空的手，信誓旦旦的將它放在左胸口，笑容燦爛的說：「不是說好要一起旅行？我還要保護你呢！」

在耀眼的目光照耀下，艾迪恩的理智神經啪的一聲斷線。

「唔……」此時，暈倒的婦人總算悠悠轉醒。

她扶著發痛的額頭，發覺自己的背部也痛得彷彿要散架。她坐起身，張開眼睛卻見到滿目瘡痍的城鎮，不禁愣住，「這……這是？」

「媽！」

「老婆！」

躲在暗處丈夫和女兒看見她醒了，立刻喜極而泣，推開遮蔽物衝了過來。

就在婦人抬頭，看見家人們的笑臉，嘴角也漸漸彎起笑容的同一秒，旁邊被艾迪恩一腳踹飛的歐里弗正巧朝著婦人飛撲而去，以華麗的姿態一舉撞上了婦人。

婦人早在看見歐里弗高速中歪曲的臉就已經嚇暈了，隨後又剛好在他墜地的落點，倒楣的當了肉墊。

她的家人，還有接二連三走出來的村人們看到這情況，全場僵硬了三秒鐘，艾迪恩還保持著剛才的踹人動作，就連遲鈍的他都能感覺到空氣中瀰漫著一股直線升溫的火藥味。

嗯，就跟主教關禁閉室手勢出現之前的危機感一樣……

「竟敢把我們村子弄成這樣！還傷害我們的村人！」

「滾出去！」

「這裡不歡迎你！」

村民們怒火中燒，大吼著要兩人滾出村外，面對村民們一張張盛怒的臉，兩人也只能往後退。當村民們抓起地上的碎石雜物等開始丟擲時，兩人終於還是快步離開了這座殘破的城鎮。

第二章 持續闖禍的驅魔二人組

兩人逃離村口，村外的森林就只有單線路，不是上山就得下山。別無選擇之下，兩人只能沿著下山的路走。

發生剛才那件事情，艾迪恩雖然明白最後那一腳是個太過湊巧的意外，村人會生氣是理所當然，但是他為了把惡魔驅逐而盡心盡力，還幫他們趕走討厭的傢伙，只不過是拆了整個村子的這件「小」事，怎麼能把錯都怪在他身上？

——算了，也許就是不和吧！

——不過話說回來……為什麼這傢伙還是跟著我啊！

艾迪恩瞟一眼在旁，右手搓著被石頭砸出的新鮮腫包，傻呵呵笑著的歐里弗。

發現他的視線，歐里弗乾咳幾聲，刻意拉高聲音：「那些人還真是不夠意思，我們可是合力打倒了惡魔耶！那種會害人的邪惡東西，怎能跟村子比嘛！對吧？」

艾迪恩稍稍移開視線，不予回應。

他真正懊惱的是，為何自己無法反駁他確實和這笨蛋聯手打贏了惡魔這件事。但看在歐里弗的眼裡，卻以為他還在為村人趕走他們的事情耿耿於懷。

「那些人不懂感恩啦！雖然說確實有點做過頭沒錯……但也不用這樣嘛！沒關

係，這個地方不好，那就再換下一個就好啦！」歐里弗拍拍艾迪恩的肩膀，笑燦燦的說：「還有我陪你啊！」

艾迪恩眼中浮現不屑。

「這、這是什麼眼神啊？」歐里弗的男性自尊大受打擊，「最後是我解決了惡魔耶！那一擊不是很帥嗎！難道你沒有愛上我嗎！」

艾迪恩依舊非常不給面子的拍開他的手，「滾。」

「怎麼這樣……」歐里弗手收得快，這次沒骨折。他望著絕情的艾迪恩，難過的垂下嘴角，「跟你比起來，或許我還沒有你強……可是總有一天，我一定會成為可以讓你依靠的男人！我發誓！」

——這個人根本搞錯重點了。

艾迪恩完全不想跟這個奇怪的人扯上關係，冷冷的掠過他，轉身就走。

「別丟下我呀！」歐里弗追了上前，雙手捉住艾迪恩的右手，深情款款的注視著他，慎重的說：「我知道你只是害羞，沒關係，總有一天一定會讓你認可我的！等到那個時候，我們就結婚——」

「不好意思，打擾兩位了。」

就在歐里弗自以為浪漫的告白，身後甚至飄滿與艾迪恩不悅神情相反的盛開花朵，有道陌生的男聲打碎了這短暫的美夢。

艾迪恩正打算折了歐里弗那不安分的手，意思意思的回頭看了一眼來者。

那男子穿著一襲貴氣高雅的藍紫色西裝，戴了頂帽緣上有幾朵盛開藍玫瑰的高帽，咖啡色的長髮優雅的斜過額前至耳後，手上戴著幾枚鑲著漂亮寶石的戒指。

「兩位好。」年輕男子拿下帽子，笑吟吟的對兩人行個禮。

艾迪恩覺得這人身上的氣息及裝扮與那幾個使者有幾分神似，頓時起了警戒之心，「……誰？」

「不好意思冒昧來訪，在下名為瑟爾，是這片領地的受封侯爵，請多指教。」這位自稱瑟爾侯爵的男子嘴角掛著優雅的笑意，將帽子戴回，含著趣味的視線快速掠過兩人，「兩位就是在我名下城市傳得沸沸揚揚的旅者吧？」

聽到他竟然就是那座城鎮的持有者，兩人不禁緊張起來。

歐里弗小心翼翼的盯著他，還留意附近的樹林裡是否有暗藏的追兵，尷尬的笑著說：「呃……那件事情其實不是你想的那樣啦……或許有啥誤會……」

而艾迪恩則將流星錘拿在手上，已經做好隨時動手的準備。

「噢噢，請別動粗，在下最不喜歡暴力了。」瑟爾侯爵立刻雙手舉起，居然先舉手示弱，「我可不是來討賠償的……畢竟只是小小的城鎮，我也沒多大的興趣。」

艾迪恩嗅出語氣裡有輕視的味道，感到不是滋味，瞇起眼。

「是這樣的，我聽說兩位驅魔師成功的擊退了惡魔……感到非常的崇敬，所以想前來親自探訪一番。」

歐里弗靦腆的搔搔頭，「哈哈……這樣啊，你好你好。」

但艾迪恩覺得這位男子有種莫名的壓迫感，直覺認為這個人應該不如表面那樣親切，大概是先前對貴族不好的印象作祟，「我們只是路過，不在你版圖之下。」

「寶貝……」

歐里弗雖然不斷用眼神示意他別這麼容易挑起怒火，但是顯然艾迪恩壓根兒看不懂，他甚至直接走上前幾步，眼神不善的盯著眼前這名貴族。畢竟才在上個村子聽到貴族們壓榨平民的血汗事實，又使他想起被逐出教會的遭遇，對貴族這身分的人多少帶了點敵意。

「嗯，我想可能有什麼誤會……我並非是向兩位討債，也並非來索取賠償的。」貴族輕輕的將垂在耳邊的髮絲挽至耳後，食指頂著微微蹙起的眉頭。沒多久，他又泛起和氣的笑容，「是這樣的，在下有事相求。」

「？」艾迪恩挑眉。

「其實最近……我們家族出了點狀況，因為私人因素不方便向皇族申請神聖騎士幫忙，正苦惱之際，恰巧聽聞兩位的事蹟……」貴族微笑，眼中浮現光芒，「希望兩位務必幫忙！這件事情，只有兩位能辦得到！」

聽到最後一句話，吸引了艾迪恩的注意。

◆※◆※◎※◆※◆

最後，兩人坐上馬車與瑟爾侯爵回到領地。

伴著車輪滾動聲響，馬車沿著林間小路奔馳，坐在車廂窗邊的艾迪恩遠遠就望見深藍色的屋頂自庭園茂密的樹林間探頭，放眼望過去的景色幾乎都屬於這座莊園的一部分。

一個拐彎，馬車奔向莊園的入口，一旁的衛兵將鐵欄打開，恭敬的低頭向車廂內的侯爵及兩位訪客問候。行進到庭院中間時，車夫停下馬車，艾迪恩與歐里弗從隨從打開的車門走下階梯。

這不亞於皇族宮殿的豪華建築物一眼無法望盡。艾迪恩抬頭，只見這座在綠樹藍天擁抱下的莊園環境優美，庭院種植著各色花草，空氣中飄著淡淡清香，鳥兒啁啾，令人不自覺的放鬆心情。

抬頭，可以看見莊園的主建築特別高，斜斜的藍色屋頂上頭插立著代表這整座城邦的所屬旗幟——紫色蝴蝶。但艾迪恩認得現在皇族用的徽章是鷹頭獅子。

照理來說，皇族在貴族之上，貴族的封地必須要在主旗幟的旁邊插上更大、更為顯眼的皇族旗幟作為歸順象徵。如果不插上皇族旗幟，那就代表他們有意自立為王，若是被皇族得知，可是重罪。

但艾迪恩並沒興趣揭人秘密，他只希望這次真能找到容身之所，除此之外，爭權奪利對他而言沒有任何吸引力。

「酷斃了……」歐里弗打從娘胎出來第一次踏入這麼高級的地方，他拚命東張西望，口水都快要流下來了，「簡直比我家後山的那片牧場還大……這就是傳說中有錢人的世界嗎？」

瑟爾走下馬車，遣散了旁邊的隨從與車夫，他微笑著對兩人說：「兩位，請往這邊走。」

他手擺向右方那棟較小的獨立建築。屋頂上頭攀著薔薇藤，粉紅色的花兒點綴著屋頂與窗臺，飄著淡淡馨香。

兩人隨著瑟爾侯爵踏上矮階，走進房子裡。

這房子以純木打造，平坦的木板有著一圈圈自然的木紋，空氣中泛著淡淡的木頭芬芳。擺設簡潔大方，不過從粉紅色的窗簾、隨處可見的可愛玩偶，以及精緻漂亮的裝飾物，可以窺知這大概是哪位千金的專屬房間。

不過詭異的是，裡面一盞燈都沒有，只有從半開的窗簾透進一絲微光。

當微風吹拂窗簾靜靜飄動，有種過分寧靜的陰森感。

「這裡是……？」歐里弗小心確認沒在地上留下腳印。他從進門開始就覺得鼻子癢癢的，這次學聰明了，已經將鼻子夾上曬衣夾，可是鼻音濃厚。

「這裡是我妹妹玫雅的專屬空間。」瑟爾回頭微笑著，示意兩人上樓，「請往這邊走。有點暗，請小心臺階。」說完，他先走上了幽幽暗暗，幾乎看不見階緣的木造樓梯。

歐里弗總覺得哪裡怪怪的，但是見艾迪恩毫不猶豫的跟著走上去，他不想一個人被丟在這裡，也擔心艾迪恩的安危，只好硬著頭皮跟上。

樓梯嘎咿嘎咿作響，敲打著狹小的樓梯間。艾迪恩的雙眼已經適應了暗處，他抬頭，發覺樓梯兩邊應該要點燃的燭臺卻沒點亮，明明有水晶燈在上頭，卻也只是讓它暗著。

「為何不點燈？」艾迪恩終於發問。

瑟爾恰好踏上二樓，回頭，一臉為難的望著他，「這是我妹妹的意思，只要在這棟房子裡點燈，她就會大發脾氣。請各位見諒。」

從來沒聽過有人會那麼怕光，總覺得哪裡怪怪的……

歐里弗拍拍艾迪恩的肩膀，笑燦燦的指著自己，「別擔心，還有我在。」

「……」艾迪恩只是冷漠的看了一眼他鼻子上愚蠢的曬衣夾，毫不給面子的撇過頭，連賞他一眼都懶了。

踏上二樓，艾迪恩看了一眼瑟爾，「所以是那女孩？」

瑟爾面露無奈的微笑，但並沒回應，「請往這邊。」他說完，帶頭走向右邊灰暗走廊的岔路。

走廊的另外一邊是瑟爾妹妹的房間，門外鋪著粉紅色的地毯，旁邊放了幾雙不同顏色的兔子圖樣拖鞋，而門上掛了個「不在」的鑲金牌子。

艾迪恩看了一眼，便走向瑟爾前往之處。

又經過長長的走廊，廊道牆面掛著一幅幅紅髮綠眼的美麗少女畫像，右下角都有玫雅的名字。雖然畫裡的女孩年齡不一，但可以從神似的輪廓與笑容看得出來是同一個人。而每張畫都是以陽光擁抱的花園為背景，少女開朗明亮的笑容，宛如盛開的花兒，不敢相信她竟然願意居於黑暗之中。

雖然不知少女到底發生何事，就連艾迪恩都感到有點可惜。

走著走著，瑟爾撥開門簾，三人來到一個方正且寬敞的空間。

旁邊整排的落地窗，拉上的深紅色窗簾僅能讓外面透進些許光源。不過，藉著微光，還是可以看見這寬敞的房間內除了角落幾座石膏像外，最主要的就是中間那長方形的白巾大桌，上頭擺滿了豐盛的食物，如烤雞、燉肉、甜點、美酒……等等。桌上有三個藍色光暈的叉狀蠟燭，映得食物泛著詭譎的藍光。

有幾位面無表情的侍者在旁，當看見瑟爾以及兩位訪客，只是默默以冷淡的視線凝視著，這態度令艾迪恩感到不太舒服。

「哈、哈啾！」歐里弗一聲噴嚏打破沉默。

他揉揉鼻子，趕緊將鼻子又夾上兩個曬衣夾，屏住呼吸，這才忍住。

「下去吧。」瑟爾對那些侍者命令道。

侍者們低頭，聽從命令的緩步離開。

當看看最後一位侍者的身影消失在灰暗的走道之中，歐里弗終於忍不住問：「那些人怎麼怪怪的啊……」光是想到剛才他們看他的表情，他就渾身起雞皮疙瘩。

「嗯……以前也不是這樣的，這事說來話長……」瑟爾抿著秀氣的嘴唇，一陣無聲的嘆息後，將手擺向餐桌最右方的單人位，介紹道：「向兩位介紹一下，那位就是我的妹妹——玫雅。」

艾迪恩與歐里弗順著那方向望去。

藉著光，只見有位少女端坐在那裡用餐。

她身穿深藍色、點綴著蕾絲的高雅禮服，一頭紅色的長髮整理成尾端微捲的模樣，並且在側邊紮上一條深紅色蕾絲緞帶。長相如同畫像般甜美的她，此時卻無視來訪者，只是面無表情專注在盤子裡的食物，左手以叉子固定牛排，另一手持刀切斷，並且以叉子將牛肉塊送入口中。

五分熟的牛排邊緣滲著血……

而艾迪恩注意到，貴族向來都習慣使用銀製用具與裝飾，但是不管是餐桌上，甚至是打從進入這棟房子開始，他就沒有看過任何銀製品存在。

「看起來……很正常啊？」歐里弗對眼前這美女看得入迷，但突然想起身邊有艾迪恩，乾咳幾聲，自以為深情的望著艾迪恩說：「放心，我眼裡只有你。」

艾迪恩只顧著盯著說不出哪裡怪的陰沉少女，沒當場揍飛他已經夠仁慈。

「呵呵，兩位如同鎮民所說的一樣，『感情甚好』。」瑟爾微笑著，他看著艾迪恩，「確實長得很像女孩子呢……很可愛。」說完，伸手想碰艾迪恩的柔軟金髮。

歐里弗上前將艾迪恩拉過來，「他是我的！」

「鬼才是你的。」艾迪恩立刻將他踹開。

歐里弗順著力道飛出去，撞到斜前方的木牆，木質牆壁立刻喀啦喀啦幾聲破了個大洞，他以奇怪的姿勢卡在洞裡。

在這陣騷動中，玫雅仍然若無其事的吃著自己的食物，連看都沒看一眼。

艾迪恩抬頭看向有點笑岔氣的瑟爾，被歐里弗白目行徑而搞到火大的他，說話更直接了：「那丫頭八成被惡魔附身了，從懼光懼銀的程度來看，搞不好靈魂已經融合在一起，只能毀滅。早該處理了。」

「我知道這風險，無奈現在不方便找皇族幫忙……」

「怕被發現企圖叛亂？」

被問到這點，瑟爾頓時語塞。

沒聽到對話的歐里弗好不容易才掙脫牆上的大洞，「你們在說什麼啊……噢，痛！寶貝你也太粗魯了……」滿身木屑，他扶著額頭，視線有點暈眩，當發現眼前兩人氣氛古怪的時候，這才不再多說話。

面對艾迪恩直勾勾的眼神，瑟爾勾起一抹笑，「沒想到你真是觀察入微。是的，因為與皇族關係緊張，所以未能藉助皇族力量找人來幫忙。不過，今天我請兩位來，並不是為了探究這件事情，只希望兩位能幫助我的妹妹。」

「嗯，沒問題。」艾迪恩說完，就要拿出聖經。

「等——等等等！」怕艾迪恩又做出上次的破壞行為，歐里弗趕緊上前攔住他，並轉頭向瑟爾說：「不如你再說點她的事情吧……或許只是生病呀！」他盡可能的想要拖延時間，避免慘劇發生。

瑟爾抱歉的一笑，「抱歉，因為一心只想救玫雅，在下居然未將事情緣由告訴兩位，請見諒。」

他望著靜靜用餐的玫雅，神情浮現些許哀傷，「是這樣的，三個月前，我母親逝世……父親再娶之後，又發生『那件事』……玫雅的行為就開始變得古怪。」

「『那件事』是指？」歐里弗問。

瑟爾點頭，「是在葬禮時，一位傭兵首領對她一見鍾情，不斷逼婚，甚至多次讓她陷入危險之中……好幾次都是差點被帶走。有不少衛兵為了保護她而受傷，甚至死亡，令她深深愧疚……後來我們暫且搬遷到此地，也已經過了兩個月之久。」

「那些傭兵怎能這樣強求？強人所難嘛！」歐里弗義憤填膺的握緊拳頭，「居然還逼婚，實在太可惡了！」

——總覺得你沒資格說這種話……

艾迪恩冷冷的瞟了歐里弗一眼，又問瑟爾：「她變得怎樣古怪？」

「嗯……誠如你們所見，除了懼光、厭惡銀器，在吃飯時間之外她都把自己關進房間裡，而且就算與她說話，她也完全不予理會……以前的她很愛笑，是個開朗的孩子啊……後來就連服侍她的侍衛們也變得奇怪。」瑟爾搖搖頭。

「她在房間裡做什麼啊？如果不是睡覺時間，我連十分鐘都待不下去……」歐里弗問。

瑟爾垂下眼簾，思索了一會兒，「我聽見她會自己唱歌……不過並不像以前那種她常唱的輕快歌聲。那聲音有時候低沉到不像她能發出的聲音，有時候又高亢到令人渾身不快……我還在她房間撿到很多沒有頭或沒有眼睛的娃娃，或身上插了許多鐵釘、嘴巴被紅繩凌亂的縫上……」

「這、這太不正常了吧……看來真的是惡魔……」望著那看起來一點威脅力都沒有的可愛少女，歐里弗幾乎快聽不下去，不斷搓著自己的手臂，最後一個不小心說出了關鍵字。

「惡魔，殺無赦。」

艾迪恩宛如開關啟動那樣，從翻開的聖經中召喚出流星錘，直線奔向還不知大難臨頭的玫雅。

歐里弗回神，一看大事不妙，「——不、等等啊！」

雖然歐里弗急追過去，但是就差那麼一點點。眼看艾迪恩的流星錘就要招呼在玫雅身上，看到這情況他一咬牙，使勁一蹬地，飛身撲向艾迪恩。

因為歐里弗及時攔住艾迪恩，揮出去的流星錘僅以十幾公分的差距掠過玫雅的臉部，她的前髮被流星錘帶起的風揚起。之後流星錘順著鐵鍊的力道向下甩，倒楣的是玫雅前方的大餐桌。

「匡磅！」

餐桌的食物被力道震得向上飛，而鋪著白巾的實木餐桌像塊餅乾那樣輕易的裂成碎片，靠近玫雅那方的半邊餐桌整個全毀，邊上的落地窗玻璃全毀。就連地板也出現裂痕，產生傾斜，相信只要稍微刺激一下就會坍塌。

但就算眼前發生如此驚人的事情，玫雅依舊不疾不徐的咀嚼著口中的食物。

艾迪恩一舉推開歐里弗，埋怨似的瞪他一眼。

「噢……痛……」被艾迪恩推開而又撞倒一旁石膏像的歐里弗哀號著，「怎麼覺得最近老是在受傷啊……」

整個傻眼的瑟爾見玫雅平安無事後終於回過神，「你、你們在做什麼！」他驚得雙手抱頭，望著艾迪恩與歐里弗兩人，一下子連敬語都忘記了。

艾迪恩拍拍身上的木屑與灰塵，「清除惡魔。你不就是為此請我們來？」

「在下請你們來確實是為了惡魔之事沒錯……」瑟爾侯爵扶著額頭，「但……是希望你們能在確保玫雅安全的狀況下驅逐惡魔啊……」

艾迪恩沒趣的收起流星錘。

「對了！」歐里弗突然想到個好主意，趕緊從身上口袋找出聖水，「不如把這個灑一些在她身上，應該就會沒事了吧！」說完，他打開瓶蓋，將聖水倒在手心。

「等！」在瑟爾侯爵阻止之前，歐里弗已經將水撒向玫雅。

原本若無其事的玫雅被聖水那麼一潑，無神的眼睛突然瞪大，整張甜美可愛的臉竟露出猙獰的神色，「呀嘎啊啊啊——」

突然高分貝的尖叫聲使得殘餘的玻璃墜落，而整棟木造建築也瑟瑟顫抖。在這可怕的聲波襲腦下，歐里弗與瑟爾侯爵都痛苦不已的用雙手壓住雙耳，幾乎要腿軟跌坐在地上。

艾迪恩接受過教會的訓練，對於這種的震波較有抗性，雖然腦子也被攪得一塌糊塗，但至少還不像其他兩人已經快撐不住。

「聖水無效……已經試過了……」瑟爾侯爵咬牙，「只會讓她暴怒而已……上次拆了整棟房子……嗚……」他連快要昏厥的表情都意外有美感。

「咋！」

「寶貝、不行——」

艾迪恩被這聲音弄得煩躁，又反射性的拿出流星錘想解決麻煩，眼尖的歐里弗怕他又被趕出去，立刻衝上前去試圖攔住他，但卻在房屋劇烈晃動之下一個沒站穩，反而飛撲向搖搖欲墜的餐桌。

早就脆弱不堪的木質地板禁不起歐里弗突來的衝撞，發出悶悶的喀啦聲響。最後，二樓地板竟然當場坍塌！

在一片木屑飛散中，原本的長型餐桌不見了，只在地上留下一個不規則而醜陋的痕跡。艾迪恩低頭從缺口看了一眼，只見歐里弗以奇怪的姿勢趴在層層堆疊的碎木板上頭，旁邊站了好幾個一臉木訥的僕人。

而瑟爾單手掩面，嘆了口氣。

第四章 誰被惡魔附身？

原本精緻可愛的別墅經過剛才的混亂，連屋頂都垮了，薔薇也都被木板掩埋，玫雅這棟剛建好的新居顯然又需要另外打點了。

罪魁禍首的艾迪恩與歐里弗站在這棟別墅前，不發一語。

只是艾迪恩本身是幾乎零愧疚感。

因為他還是覺得這棟房子的結構實在太脆弱了，況且他又不是存心拆房子，一切都只是意外……好吧，硬要說的話，可能有一點責任吧？

「完蛋了完蛋了……」歐里弗盯著這棟可以說是被他弄垮的房子，眼睛發直，嘴巴無意識的顫抖著，「如果要我賠要怎麼辦？我覺得把我家牛舍賣掉可能都還買不起一根柱子啊啊啊……」

艾迪恩輕碰一下他的肩。

「！」歐里弗大受感動的淚眼回頭。

卻發現艾迪恩手中拿著兩枚銅幣，淡淡的說：「這是我的責任部分。」

「謝謝……」歐里弗的心情有點複雜，但至少這是艾迪恩第一次對他這麼友善，所以還是感動得亂七八糟，「就知道寶貝你對我最好了……」說著，他忘情的嘟著嘴想靠近。

艾迪恩用右手頂住歐里弗的額頭、限制他繼續逼近自己。轉頭看向那些幫忙整修卻仍舊面無表情的僕眾們，他喃喃自語：「……為何聖水無效……等級越高的惡魔越有效才對……」

聖與暗屬性兩者相剋，照常理來說，越強的暗屬性對上聖屬性的傷害力就更大。也就是說，在面對同等的聖屬性力量，等級高的比等級低的惡魔受到的傷害還要強烈才對，但卻對那女孩無效？

玫雅被兩名侍衛攙扶走出搖搖欲墜的別墅，像個永遠也不會改變表情的娃娃……不，應該說整個宅邸的人給艾迪恩的感覺都像個玩偶。

「也就是說……惡魔不在那女孩身上？」艾迪恩瞇起眼睛。

「是的，我們也是如此臆測。」瑟爾剛處理完妹妹的暫時居所，從後方向他們打招呼。他拍拍歐里弗的肩膀，看他像極了嚇破膽的孩子，扯開一抹微笑，「別擔心，只怪我沒事先提醒，我不會要你賠償的。」

歐里弗感動的望著他，「你真是個大好人……哈、哈啾！」卻不知道怎的感到鼻子癢，還好及時將頭轉過去，才沒將口水噴在瑟爾侯爵臉上。他揉揉鼻子，尷尬的笑了笑，「糟糕，我好像快感冒了，哈哈哈……」

「嗯，這裡天氣變化大，傍晚就會開始轉涼，如果需要保暖的衣物，盡量開口沒關係。」瑟爾微笑。

歐里弗感動不已，「你真是個大好人……」

「這裡的人……都很古怪。」艾迪恩視線掃一圈在場的其他人，就是直覺哪裡不對勁。最後，他盯向唯一面有表情的瑟爾侯爵，微微瞇起眼，「正常的人在這裡，反而不太對勁。」

面對艾迪恩的視線，瑟爾依舊笑容不減。

「寶、寶貝，好人不能亂誤會啊！」歐里弗緊張的將艾迪恩拉到一旁去，小聲的勸說。

但是艾迪恩仍然沒有收斂的意思，甚至連武器都要亮出來了。

「瑟爾大人！」

此時，不遠處傳來的呼喚聲使在場三人轉移注意。

三人回頭，只見莊園外的鐵門半開，大約五、六位穿著整齊制服的衛兵匆匆趕了過來，來到瑟爾侯爵的前方就是採單膝跪地之姿行禮。他們突然的出現使艾迪恩和歐里弗一愣，但莊園內的其他人則視若無睹的繼續做自己的事情。

「辛苦了，有何狀況？」瑟爾以手勢請他們起身。

衛兵長搖頭，「傭兵團的人現在很安分，上次明明不斷徘徊在馬戲團附近的……懷疑是否在計畫什麼，但是還不敢肯定。」

「這樣啊，我明白了……辛苦了。沒關係，他們應該不會那麼快發現這裡，再觀察一陣子吧。」瑟爾微笑，拍拍衛兵長的肩膀表示肯定。接著，他手勢比向旁邊的兩人，介紹道：「對了，這兩位是驅魔師，看見他們記得問好。」

衛兵們恭敬的將右手放在胸口，彎腰，「歡迎。」

「不用這麼客氣啦、哈哈——」歐里弗搔搔頭，有點受寵若驚。他用手肘推推艾迪恩，「你看吧，這不也是有正常人嘛！」

艾迪恩聳肩。

「消除疑惑，對我們都好，我們需要同心協力才行。」瑟爾依舊不責怪的溫和微笑道：「這幾位也是還未受到影響的衛兵……我請他們到附近去巡邏，為了預防傭兵團偷襲……」說著，他的表情浮現些許擔憂。

「傭兵為何要找你們麻煩？」艾迪恩挑眉，「有時傭兵甚至受雇於貴族，你們基本上是互利關係不是嗎？」

瑟爾為難的笑著，一縷咖啡色髮落至耳側，「嗯，以前確實如此。但是這些傭兵團近些日子成員越來越多，集團變大就想鬧事了。他們甚至想趁動亂時自立為王，實在令人髮指……再加上，一群烏合之眾竟然想對我親愛的妹妹下手……」

說著說著，瑟爾咬牙，眼中浮現厭惡之意。

「侯爵大人。」一旁的衛兵出聲輕喚，打斷瑟爾的思緒。

瑟爾回頭，視線望向衛兵所指的方向。

原來是玫雅經由兩名面無表情的侍衛攙扶，慢慢的走到附近。她連眼睛都很少眨，那木訥的模樣簡直像尊過度逼真的人形娃娃。

兩名侍衛將她安置在樹下的攀藤鞦韆之後，就乖乖的站到兩邊去。

歐里弗又開始感到鼻子癢，他很識相的立刻夾上夾子。

「噢，玫雅。」瑟爾難掩憐愛之情，走上前去，蹲在鞦韆旁，好讓玫雅的臉能與他視線平高。他輕撫著她的紅色髮絲，「怎麼一個人亂跑？要是走失了怎麼辦？」

明明知道她不會應答，瑟爾仍舊關心的詢問著。

艾迪恩為了想找到可能的線索而走上前去，歐里弗趕緊跟上。

「大人，我們繼續巡邏了。」衛兵恭敬的說。

瑟爾點頭。

接獲命令，衛兵們又離開莊園，繼續巡視宅邸周遭。

感覺到兩人站在旁邊，瑟爾回頭給予兩人一抹歉意的微笑，「抱歉，看到她，我怎樣也放心不下。」

他深深凝視著玫雅，悠悠的長嘆口氣，「我們從小感情就很好，無論什麼事情都在一起……原本還能兩人一起煩惱該如何解決的，現在只剩我一人……如果真有辦法解除她身上的詛咒，我願不計代價……」

他緊握她放在腿上的細膩的小手，眼瞳浮現水影，但話怎麼也說不下去。

「唯一的辦法就是解決她，或是找出真正的惡魔。」艾迪恩不明白為何一個人能為另一個人感到如此傷心，「這座莊園不對勁，一定有背後指使者。還是，你有事情瞞著我們？」

瑟爾抿著嘴，眼神掠過一絲哀戚。

「真是太感人了……我們一定會想辦法解決的！」怕艾迪恩的直言直語太過傷人，歐里弗趕緊踏前一步打斷他的話，然後慌忙擦著剛才就流得一塌糊塗的眼淚，大力一吸鼻子，夾子卻掉了，「哈……哈啾！」

於是，忍不住的噴嚏全撒在艾迪恩的臉上。

艾迪恩默默的抹去臉上的水花。

而歐里弗這才驚覺自己闖禍了，手忙腳亂的試圖安撫他的情緒，「寶貝、對不起！剛才我不是故意的，只是——」他話還沒說完，就被艾迪恩揮來的憤怒直鉤拳命中鼻梁，「痛！」

「髒死了。」艾迪恩蹙眉，眼中怒火焚燒。

「我不是故意的嘛！好痛——」歐里弗連忙檢查有沒有見血，手一拿開，果然濕濕黏黏的，鼻子毫不留情的流出兩條血柱，嚇得他哇哇大叫，「哇——我要死了、要死了啊啊啊！」

艾迪恩被那慘叫的聲音惹得火氣更大。

他掠過那些傻眼的正常衛兵們，衝上前去將歐里弗從後衣領揪起來，在他懸空的兩腳惶恐的掙扎之時，艾迪恩抬起右腿直接賞他一腳，「吵死了，給我滾遠點！」

「寶貝、你好慘忍——」歐里弗哀號一聲，順著力道飛撲而去。

「砰咖咖！」

歐里弗不偏不倚的命中正前方主宅邸三樓房間外的陽臺，順勢壓垮了設在陽臺上頭的數個露天咖啡座，桌椅擺設等物品瞬間被壓毀，殘破不堪，只剩下一地的碎片。

「噢……」歐里弗倒在碎片中抽搐著。

艾迪恩不爽低喃：「嘖，這傢伙是蟑螂？」卻發現所有人都望向三樓陽臺那方，特別是還正常的人看到這幕時，整張臉都白了。

「？」艾迪恩不解的挑眉。

「噢！」歐里弗突然慘叫一聲，又接著從三樓被丟到一樓。

艾迪恩抬頭，在雜亂成一片的陽臺上，有個體型壯碩的男子站在那裡。

男子打著赤膊，一頭咖啡色的頭髮以髮油整整齊齊的梳至後方，年紀看起來約四、五十歲。他憤怒不已，滿身的青筋都暴起，就連手上的高腳酒杯都被他啪的一聲徒手折斷。

他對著底下的人們大吼：「混帳東西——到底是誰在搞鬼？給老子滾出來！」

「誰？」艾迪恩望著男子，挑眉問道。

「我並無意隱瞞……我所隱瞞的人就是他。」瑟爾扶著額頭，「……拜託，這次請務必不要貿然動手，這是我唯一的要求了。」

他伸出手，示意艾迪恩交出武器。

艾迪恩看著他的右手遲疑著。

「給他吧……再一次我真的覺得活不了了……」歐里弗不知何時爬到他的腳邊，顫抖的伸出右手想抓他的褲管。

「……」艾迪恩遲疑了許久，還是交出了聖經。

瑟爾收下他的聖經暫為保管，看了一眼在陽臺上大吼大叫的暴躁男子，壓低聲音說：「他也是自從遷移到此處之後，第一個變得奇怪的人。他原本性情儒雅，興趣是插花、餵養鴿子……但是現在——」

「砰！」

一陣巨響吞沒了瑟爾接下來的話。

原來，站在陽臺上的男子耐不住性子了，竟然舉起拳頭朝地猛砸，使得陽臺地面破了個大洞，而他與建築物殘破的碎塊嘩啦啦墜到一樓。不過他以單膝跪地之姿著地，並在一片塵煙之中站起身來。

「是誰……膽敢不聽老子的話……」

男子青筋外露，一雙赤怒的雙眼狠瞪向前方，而奴僕們面對此狀況，竟然依舊面不改色，但是卻乖乖的退到一旁去，冷漠的望著他。

「那傢伙是怎麼回事？」艾迪恩頭一次看到有人徒手拆了建築物，讓他有種莫名的親切感，想上前打招呼，但那人散發著驚人的敵意，令他不自覺想拿武器，但摸空才想起已經在瑟爾手上。

瑟爾搖頭，「他只要怒氣發起就很難壓抑，我們剛才激怒他了。」

「哈、哈啾！」歐里弗嚇得魂不附體，但鼻子還是不爭氣的猛打噴嚏，「這個人有問題、鐵定有問題！哈、哈啾——」

「外人……誰闖進老子的領地……」男子認出了歐里弗及艾迪恩這兩個陌生人，眼睛瞬間瞪大，「處以極刑！」說完，他雙手握拳互擊，前胸以及雙臂的肌肉鼓起，拔腿衝刺而來。

歐里弗驚叫：「要來啦、天啊——」

「糟了！」瑟爾隨手拉住艾迪恩的右手腕，「快走！」

「等等等等、他的手只有我能牽！」歐里弗抓住艾迪恩的左手腕。

「……都給我滾！」艾迪恩甩開兩人的手，隨手抽回被瑟爾暫時保管的聖經，立刻召喚出流星錘，「逃跑豈是男子漢該有的行為？」他雙眼毫不畏懼的凝視著盛怒中疾馳而來的男子。

歐里弗趕緊煞車回頭，「我保護你……噢！」

他想幫忙，卻被艾迪恩一腳踹了出去，狼狽的趴在地上。

「別礙事。」艾迪恩瞇起眼，揮舞著流星錘迎向男子。

男子緊繃著一身肌肉，當艾迪恩進入攻擊範圍，他揮拳就是直攻心窩。艾迪恩早一步察覺，閃過之際，也祭出流星錘給予反擊。但男子卻以右手臂直接擋下，流星錘的尖銳部分使他鮮血直流，可他卻面不改色。

男子的眼神仍舊銳利，暗藏黑影。

「！」艾迪恩縱使沒有辨識惡魔的感知力，但那一剎那也感受到威懾。

「這可不行！」瑟爾沒料到事情變成這樣，看兩人打成一團，無論是誰受傷他都不樂見，「糟糕！這樣下去……」卻剛好瞥見倒在地上、可憐兮兮爬起來的歐里弗，他問：「能麻煩你去阻止嗎？拜託你了！」

「嗚……」聽見呼喚，歐里弗滿身是傷的爬起身，抬頭卻驚見兩人居然打起來，而艾迪恩面對猛攻，竟然處於節節敗退的狀態，「糟糕、我的寶貝危險了！對了，你說那人的行為也變怪嘛，一定是惡魔！我這有聖水！」說完，他趕緊從懷中拿出聖水瓶，並且打開瓶蓋。

瑟爾一見，立刻上前阻擋，「不！請住手！」

沒想到歐里弗一個沒拿穩，開了瓶蓋的聖水瓶就這樣被撞飛，在空中畫了個完美的弧線，不偏不倚的落在艾迪恩的頭上，瓶中大部分的聖水灑了出來，其中一部分潑到高舉雙手、正打算要海扁艾迪恩的男子臉上。

「噢！」被聖水潑到後，男子慘叫一聲，雙手摀著眼睛，痛得大叫。

艾迪恩滿身都是聖水，撿起地上內容量剩下不到五十毫升的聖水瓶，看了一眼抱著頭，摸黑胡亂四處攻擊的男子。

「寶貝、我來拯救你了！」歐里弗飛也似的衝了過來，嘟著嘴打算抱他入懷。

看到歐里弗嘟起的嘴巴像海馬一樣蠕動，艾迪恩抽動一下嘴角，以單手頂著他的額頭，避免他的鹹豬嘴繼續靠近。

「快走！拜託，那些人快來了！」瑟爾看著陰霾的天空，緊張的大喊。

一陣不祥的風自森林深處吹來，環抱著宅邸的綠樹沙沙作響；在樹葉紛飛的視野中，天空厚重的雲朵移動迅速，明亮的天色轉為陰暗，溫度瞬間降低了幾度。森林中的鳥獸們感到危機，爭先恐後的避開此地。

艾迪恩原本打算乘勝追擊，但瑟爾這不同平常的慌亂態度，還有這詭異的氛圍，使他直覺感到不對勁。他再次看了一眼大肆破壞的男子，終於下定決心轉身跟著瑟爾離去。

尾隨著瑟爾，三人冒著狂風往森林深處奔去。

枝葉摩擦聲中，隱約有陣尖銳的笑聲掠過天際，當艾迪恩回頭，在一片灰色樹海的天空中，看到一個身影快速飛過。

「嘻嘻嘻——」

他定睛一看。

竟是一個穿著黑色長袍、戴黑色尖頂帽的魔女騎著掃帚飛翔於空中！

「！」艾迪恩不禁愣了一下。

他並不是沒有聽過魔女，他驚訝的是，雖然魔女與惡魔締結契約，但魔女本身外表上只是普通的女人，只要不施展魔法，很難辨識出身分。也因此，他並沒有親眼看過魔女騎著掃帚飛上天的模樣。

更重要的是……有魔女的地方，鐵定有惡魔。

而且還是力量大到足以將自己的力量分給普通女人，使她們成為魔女的強力惡魔！更何況，這樣明目張膽的飛翔在明亮天空的魔女，真是前所未聞，她們的靠山鐵定夠穩。

「天啊！那到底是……」歐里弗也看見了。

「看樣子短時間最好是別回去了。」瑟爾望向天空中魔女追逐嬉戲的身影，深深嘆息，「我會將一切告訴你們。可能快下雨了，先跟我來吧。」

◆※◆※◎※◆※◆

跟著瑟爾，兩人來到位在宅邸東北方森林中的荒廢房舍。

這棟木造的房子經過長年的風雨洗禮，早已破破爛爛。屋頂有一半都已崩垮，門無法緊閉；屋簷處、甚至半邊的房屋牆面都攀滿了綠色藤蔓，窗戶的玻璃也沒了，留下一個方形的黑影。

旁邊生長的小樹幾乎要掩蓋這棟屋子的存在。

艾迪恩挑眉看著這髒髒破破的小屋，完全不明白瑟爾為何要帶他們來這裡。

「這是小時候我和玫雅發現的小屋，好懷念……」瑟爾踏上木屋的矮階梯，伸手輕輕撫摸粗糙的木牆，上頭落下一些碎屑。他回頭對兩人說：「也快下雨了，就進來躲雨吧，裡面沒有像外面看起來這麼糟。」

感覺不到鼻子癢，歐里弗放棄在鼻子上夾夾子，快步來到木屋門前，回頭對艾迪恩招手，「寶貝快來。」

艾迪恩當然不想做回應的撇過頭。

「轟轟——」

遠處灰暗的天空傳來低沉而迂迴的悶吼，同時降下傾盆大雨，洗刷森林。艾迪恩被突來的大雨淋濕了一半，他用手抹去臉上的雨水，只好跟著進入木屋。

腳下木質地板踩起來嘎咿作響。

屋裡幽幽暗暗的，藉由外頭透進來的自然光也僅能看見室內輪廓，裡面幾乎什麼都沒有，只有位在房屋中央的幾張桌椅。

風雨拍打著木屋發出嘈雜聲響，雨水夾帶著風自屋頂及窗戶掃進來，屋裡也在下著小雨，三人得盡量避開那部分。

但除此之外，唯一的安慰大概就是裡面沒想像中髒亂就是了。

「請坐。前幾天才請僕人擦過，應該不會太髒的。」瑟爾示意兩人在桌椅前找個位置坐下，「聽說這裡以前是上個宅邸的主人放打獵用品的小屋，但是東西都已經淨空了。」

艾迪恩沒有多大的興趣知道這間小屋的來歷，隨手拉了張椅子坐下。

「寶貝，我來幫你擦乾——」

「滾。」

歐里弗笑嘻嘻的走過來示好，但艾迪恩冷淡的打發了他。歐里弗摸摸鼻子，一臉委屈的坐在離艾迪恩最近的位置。

剛剛一連串發生太多事情，現在突然靜下來，空蕩蕩的腦袋塞滿了雨聲。

艾迪恩看向手肘撐在桌上頂著下巴、陷入沉思的瑟爾，「說吧，那人是誰？」

「嗯……」瑟爾點亮了放置在桌上的油燈，望著溫暖的火光，嘴角牽起一抹黯淡的笑容，「他是我父親——賽斯頓。」

「咦！」兩人不禁一愣。

他們會露出這種震驚的表情，瑟爾早就料到，所以並沒有太難受，「他就是我懷疑的，被惡魔真正附身的人。是他先變成這樣子，接下來是其他的衛兵……最後就連玫雅也……唉……而那些魔女，除了父親被激怒之外，平時在夜裡才會現身……她們會盯著我們整棟宅邸，我得假裝也被控制著才能逃過一劫。」

「魔女……你是說那種會拿死者身體部分煉成毒藥的女人嗎？」歐里弗腦海裡浮現出來的想像使他渾身冒汗，他搓著自己的手臂，「那她們出來想做什麼？」

瑟爾沉下臉，「不瞞兩位……其實我曾經有找過驅魔師來幫忙，但沒想到魔女那麼強……而那位驅魔師死於非命……」他發現歐里弗臉色發白，趕緊解釋：「我那時真的不知道！我也為他失去性命感到愧疚……所以這次，我才趕緊帶兩位逃離啊！」

「嗯……」歐里弗憂心的點頭。

此時的天色已經轉暗，魔女也回到宅邸去了。他們光是對付男子一人就已經不容易，偏偏剛才錯失了機會，而現在有她們助陣，再加上入夜後，惡魔與魔女的力量又會提升，此時回去恐怕只是送死。

突降的氣溫使三人感到涼意，屋外的風雨落進屋內淅瀝作響，襯托出環繞著屋內的寂靜。

瑟爾捏著掌心，悠悠的說起了之前的事情。

「以前的父親對所有人都很和氣，大家都很喜歡他，他一直以來都是我所崇拜的偶像。但是，他性格驟變後……不僅對周遭的人嚴苛，還暴躁不已……為了獲得更多的金錢，竟然向可憐的平民們徵收比以前還要多五倍的稅……原本熱鬧和平的城鎮，因為貧窮而殘破不堪。而領地中的傭兵數量也變多了，整個一片混亂……簡直是末日景象……」

「他收那麼多錢做什麼？」歐里弗困惑的問。

「嗯……當然是購買更多的寶物，甚至養了一群只會歌舞的漂亮歌姬……但只要她們一犯錯，馬上就會被施以酷刑處死。」瑟爾抿著嘴，捏緊指尖，「看人們受苦，我卻無法阻止……」他痛苦的抱著頭。

一直沉默的艾迪恩凝視著燭光，「很簡單，除掉他就行了。」

「除掉……」歐里弗愣了一下。

「既然已經能與魔女同流合汙，那他已經完全被惡魔占據了，他已經不再是你的父親，只是外貌與他相似的惡魔罷了。」火光映照在艾迪恩的臉上，那冷淡的言語使他的神情看起來格外冷酷，「剛才是消滅他的最好時機，你不該阻攔我。」

瑟爾雙手撐著額頭，陷入苦惱，「但……他終究是我父親啊！我怎能……」

「若放任下去，時機成熟後會造成更大浩劫，惡魔那種貪婪的生物是不可能安於現狀。」艾迪恩深藍色的眼睛浮現寒光，「清醒吧！只有殺了他，這才是唯一阻止一切的辦法。」

「——不行！」

歐里弗突然拍桌大喊一聲，推開椅子站起身來。

這突來的大喊使兩人愣愣的望向他。

「怎麼能慫恿別人去殺自己最親愛的家人？這是多可怕的事啊……家人對我而言是無可取代的寶物！不管怎樣，我都不可能贊成這件事情！這太殘酷了！」歐里弗眼中閃爍著淚光，「就算是寶貝說的，我也不能同意！一定有別的方法……」

艾迪恩不太耐煩的看他一眼，「沒別的方法！」

「你、你怎麼能這麼冷靜……」歐里弗不敢置信的望著艾迪恩，「要一個人去定奪親愛的人的生命！難道你不明白這有多殘忍嗎！」

「我不明白。」艾迪恩避開視線，嗓音低沉，「我身邊沒那種人存在。」

歐里弗一愣。

「抱歉……麻煩請給我一點時間想想。」瑟爾打斷了存在於兩人之間的寂靜。他撐著額頭，咖啡色的前額髮絲遮住了側面表情，「我會在雨停之後給你們答覆……」

歐里弗望著他，難過的點頭道：「嗯……我知道了。」

「嘎咿——」

後頭突然傳來門被開啟的聲音，歐里弗愣地回頭，卻見小屋的門大開著，外頭的大雨傾盆而下，而艾迪恩不見人影。

「寶貝！」歐里弗一驚，連忙追了出去。

◆※◆※◎※◆※◆

離開小屋，艾迪恩站在離小屋不遠處的草地上，抬頭望著陰暗的天空，任由雨點灑落在自己身上，那冰冰冷冷的觸感，使他想起了片段的記憶。

那天……窗外也下著雨。

已經在孤兒院住了好幾年，但個性孤僻的艾迪恩仍然無法融入其他孩子們，所以常常是一個人。他趴在窗口，望著在空間不大的空地前，穿著破舊衣物的孩子們踢著氣充不飽的球四處奔跑的模樣。

看著大家歡笑的模樣，簡直就像是忘記了自己是被拋棄的可憐孩子。

天空飄下起了毛毛細雨，艾迪恩感到冷而裹著被單，想起一些事而垂下眼簾。

其實，他曾經想像過家人的模樣。

有血緣關係的話，或許從這張臉就能找到線索吧？可能眼睛和鼻子像父親，輪廓或髮色像母親……但是不管艾迪恩怎麼想像，還是沒辦法對自己幻想出來的人影真正的感到親近。

在孤兒院的日子裡，他也曾經期盼雙親會來迎接自己，但是一年年的過去了，他還是一個人。艾迪恩想，或許他們已經死了，也或許他們認為他的存在是個累贅而丟下他吧。

唯一可以肯定的是，如果不夠強，他就不能在這個殘酷的世界保護自己。

就只有依靠自己，才不會被捨棄……

艾迪恩緩緩睜開雙眼，綠色的眼眸映著天色而浮現憂鬱。他渾身都濕透了，但是心寒卻麻痺了身體的失溫。他任由雨水沿著他的金色髮絲滾落，臉龐與嘴唇也變得蒼白了。

「寶貝！」

雨聲中，艾迪恩隱約聽見歐里弗的呼喚。

他不太想理會他，但仍以眼角看了他一眼，卻見他加快腳步朝自己的方向奔來，隨後一雙手將他擁入懷中。

歐里弗的體溫使艾迪恩微微張大眼睛，因為他從來沒有被誰擁抱過，從來不知道是這般溫暖……體溫在冰冷的雨水對比下，顯得更溫暖了。

「怎麼跑出來淋雨呢？這樣會感冒的啊！喏，外套給你遮雨吧！」歐里弗手忙腳亂的脫下身上的外套，將它蓋在艾迪恩的頭上。

「……」艾迪恩低著頭，沉默了一會兒才開口說：「我不懂所謂的羈絆。」

「欸？」歐里弗愣了一下。

「從以前到現在，我都是一個人。」艾迪恩頓了頓，抬頭望向歐里弗，「『失去』真有如此令人心痛？」

這時的艾迪恩看起來像是隻迷路的小貓，雖然沒有任何示弱的意思，卻不自覺的露出無辜的眼神，任誰看了都會為他感到心疼。

「我……」歐里弗望進他的眼，找到了寂寞。這時候他終於意識到自己說錯話，心一揪，難過的抱緊艾迪恩，「我不知道……我不應該這樣說你……抱歉。」

貼在他的胸口，艾迪恩垂下眼簾，「我如此對你，你不在意？」

「啊？」歐里弗愣了愣，鬆開手，這才突然明白艾迪恩指的應該是他老是以暴力對待他的事。他搔搔頭，笑嘻嘻的說：「你在說什麼呀？不管你怎樣對待我，我也不可能會討厭你的啊！」

艾迪恩沉默了一會兒，「是因為你說的她？」

「對啊！」歐里弗想都沒想的點頭。想起了過去的回憶，他幸福的咪咪笑著，「她走了之後，我找了好幾年，真沒想到會在那天意外遇到你……你和她像極了，我絕對不會認錯人，你就是我要找的人！只是……性別上好像有點錯誤就是了……沒關係，我還是一樣愛你的！」

歐里弗自顧自的說完，摟著艾迪恩，嘟著嘴就要靠近。

感受到他的鼻息，艾迪恩感到一陣反胃，二話不說就使出拿手的擒拿術，將歐里弗壓制在地上。歐里弗貼在泥濘之中哀鳴，雙手都被折到背後去了，完全動彈不得。

「饒了我啊、寶貝——我到底做錯了什麼！」

艾迪恩鬆開手，冷淡的瞟他一眼。

此時，小屋的門又打開了，而瑟爾侯爵站在門邊。

大雨滂沱中，他的眼眶微紅，表情毅然的說：「我知道了……走吧，這次我會盡全力幫忙兩位。相信父親會明白的。」

第五章 驅魔行動

入夜時分，月亮自烏雲後方探頭，但天空仍飄著小雨。溫度有點低，和著水的地面泥濘不堪，這可苦了瑟爾。但為了要完成使命，他還是耐著性子跟隨兩人，翻過了圍牆。趁著無人注意的時候，三人摸黑溜進了莊園。

三人小心翼翼從小倉庫的牆邊探頭望去。只見在月光下靜默的寬闊莊園也陷入深深的沉睡，一點動靜都沒有。

「走吧。」

「嗯。」

三人交換個視線，但正當艾迪恩打算率先離開之時，歐里弗覺得鼻子又開始癢，但就在他準備用夾子夾鼻子的時候，眼角瞥見有個人影正從花園旁的小屋走了出來，他趕緊拉住艾迪恩，「有人！」

因為那個人恰巧是要往這個方向走來，三人縮回去牆後，再小心翼翼的探頭望去。在月光下，那人的影子被拉長，而他走路的方式就像是喝醉酒那樣搖搖晃晃的。

「真是的，應該訓一頓才行！」瑟爾說完，在歐里弗來不及攔住他之前，瑟爾已經走上前，輕拍那人的肩膀，「身為我家族的奴僕，不允許酗酒……」

然而，當那人一回頭，瑟爾大驚。

對方雙眼通黑，嘴脣兩邊露出尖牙，頭的兩側長有一對尖椎角！

「吼！」他猛地張嘴，眼看就要撲向瑟爾。

艾迪恩二話不說立刻衝上前去，一腳踹飛了那人。只見那人順著力道飛了出去，撞上了一旁堆疊的稻草稈，潮濕的稻草嘩啦啦撒下，立刻將他掩蓋其中，幸運的是沒發出太大的聲響。

瑟爾嚇得腿軟，跌坐在地上，「怎、怎麼回事……」

歐里弗趕緊將他攙扶起來，看了一眼那平靜的稻草堆，想起剛才那張非人的臉就不禁顫抖，「那是人還是惡魔？難道被侵占了？」

「哪個都無所謂。」艾迪恩召喚出流星錘，瞇起眼，「殺進去就對了。」

「寶貝我支持你……不、不對啦！我們一開始的計畫不是這樣啊！」歐里弗拍拍自己的臉頰，將兩人拉回小倉庫牆後，壓低聲音說：「我們不是要偷偷潛入主宅，然後想辦法支開魔女，再解決惡魔嗎？如果現在被發現，那就沒有意義了啊！」

艾迪恩抬頭望著目標的主宅，不太服的咕噥：「……麻煩。」其實他覺得直接拆了那棟房子比較快。

「畢竟惡魔與魔女聯手真的很難對付……我見識過……請相信我。」瑟爾嘆了口氣，「不知道玫雅被安置在哪……如果貿然破壞的話，說不定會傷害到她呀……」

雖然艾迪恩仍然不明白掛念一個人的情感到底是怎麼回事，但經過上次歐里弗那樣說之後，他開始理解了這種情感，於是現在能耐著性子忍下來了。

「放心，玫雅再怎麼說也算是他們那邊的人，一定會沒事的啦！」歐里弗拍拍瑟爾的肩膀鼓勵他，又看了看附近，應該是沒有人徘徊，便提議道：「趁現在沒人，我們趕緊溜進去吧！」

瑟爾釋懷的淡淡一笑。

◆※◆※◎※◆※◆

因為正門還有兩名看似魔化的衛兵站哨，三人只好偷偷摸摸溜到側門去。在瑟爾的指示下，三人自一樓廚房半開的窗戶爬了進去。

這個時間點，空蕩蕩的廚房靜悄悄的，放不進櫃子的廚具整齊的堆疊在角落，一些耐放的食物擱置在桌上。一、兩隻鼠輩倉皇逃進縫隙時，大概就是唯一的動靜了。

「往這邊來。」瑟爾小心的開啟門，壓低聲音，示意兩人跟上。

一路上平平靜靜的，什麼人也沒遇上。三人非常順利的爬上了三樓階梯，穿過一條迴廊後右轉，走了一小段路之後，總算來到了瑟爾父親專用的臥房前方。

三人發現房門竟然沒完全關上，露出一條縫隙，當然就貼上去偷看。

陰暗的房間內只點了一盞小小的夜燈。寬敞的房間內，除了基礎的家具與裝飾物之外，最顯眼的莫過於那帝王級的大床了。藉著燈光，圍繞著淺金色絲綢簾子的大床上有模糊的三個人影。

「下午的那些討厭鬼跑了耶，沒關係嗎？」

「就是呀，也沒有特別巡邏和布下結界……」

「螻蟻豈能推翻我，無所謂。」

「哎呀——大人真是帥翻了！」

「還不過來給我抱！」

嬉鬧聲中，夾雜著些許的喘息聲，使得氣氛有點曖昧。

「這……」瑟爾一愣。

「怎麼了？」歐里弗也從縫隙窺看，當察覺是怎麼回事的時候，臉頰瞬間刷紅，但是好奇之下，他又忍不住繼續看。

「？」身材矮小的艾迪恩擠不過去。

「不行，寶貝你不能看！」歐里弗手忙腳亂的拉開艾迪恩，還不忘記壓低聲音以免驚擾到裡面的人，「對你來說還太早了啦！」但歐里弗可是伸長脖子繼續看。

艾迪恩不勝其擾，「……我已經十九歲了。」

「……啥？你年紀居然比我大！」

「擋路，滾！」艾迪恩不理會歐里弗的驚呼，一腳將他踹開。

偏偏路線剛好就是臥室正門，歐里弗勉勉強強停在前方，原以為成功穩住身形而鬆了一口氣，但卻突然感到鼻子癢，「哈啾！」他一個重心不穩，跌跌撞撞的撲向房門，趴在地上。

瑟爾抹臉。

「是誰！」

這騷動震驚裡頭的人，然後賽斯頓刷的一聲掀開絲簾，兩個渾身赤裸的魔女連忙揪起被單遮住春色。她們的背上生有一對蝙蝠似的皮質翅膀，後頭拖著一條長長的黑色尾巴。

半身赤裸的賽斯頓抱拳，喀啦喀啦的折指關節，肌肉因緊繃而青筋外露，「又是你們這幾隻小老鼠……來得正好，帳我們一次算清！準備好拿命來換了吧！」

艾迪恩踹開半開的門，將流星錘上手。

歐里弗嚇得跳起來，連打了好幾個噴嚏，急忙用夾子夾住鼻子，並且抽出長劍大聲道：「邪不勝正，有膽就來！寶貝，我來保護你……哈啾！」忍不住的噴嚏硬將夾子噴了出去，他連忙用左手掐住鼻子。

艾迪恩無語的瞟了他一眼。

「父親大人！是我啊！快清醒過來呀！」瑟爾難過的呼喊著。

但賽斯頓壓根兒沒把他看在眼裡，只是冷淡的看他一眼，「全死、全都去死！你們這群螻蟻！不配出現在本大爺的眼裡！」他緊握的右拳洩憤似的擊向地面，整棟房舍都為之撼動，石製地板出現巨大的凹洞，龜裂蔓延至角落。

瑟爾想到即將失去他，淚流滿面喊道：「父親大人！」

「他已經不是了啊！冷靜點！」歐里弗紅著眼眶，將情緒失控的瑟爾拉離到臥室外面，拍拍他的肩膀，「請你待在這裡，剩下的就交給我們吧！」

「但——」

歐里弗也跟著感到一陣鼻酸，忍著哽咽，「為了不讓更多人受害，這是唯一的辦法了不是嗎？他也不會希望自己的名被惡魔玷汙啊！」

瑟爾一愣，垂下眼簾，「……我知道了……就拜託你們了……將他，從惡魔的掌控之中解脫……」他的聲音劇烈顫抖著，雖然垂下的髮絲遮掩了表情，但是眼淚滴滴答答的落在地面上。

艾迪恩回頭看了一眼門外的兩人，瞪向賽斯頓。

「去死、統統給我去死——」

賽斯頓被艾迪恩那眼神激怒，接著他猛地朝艾迪恩方向直衝而去，整棟房子隨著他的腳步震盪不已。魄力驚人，宛如一頭發瘋的犀牛直襲對手。

艾迪恩視線毫不畏懼的緊盯著對方。當賽斯頓的拳頭將朝他臉部揮下而高舉的剎那，艾迪恩挪動腳步，拳頭僅擦過他的髮絲，然後重重的砸在地面上，又是一陣不小的晃動。

若剛才艾迪恩沒閃過，那恐怕是一擊斃命。

「不怎樣。」艾迪恩冷冷的瞟他一眼。

兩名赤裸的魔女不知何時已穿上了衣物，不過緊身的黑色裝束還是太過暴露，兩人都露出完美的一雙大腿，胸口的遮蔽物也少得可憐，好像只要稍稍那麼一動就會春光外洩。

「不准欺負大人！」

「看招！」

兩人雙掌相對，凝聚出赭紅色的魔法之光，魔力漩渦在房間內捲成狂風，她們的長髮瘋狂擺盪著，房間裡各式物品隨風飛旋起來。而兩人喚出來的魔光之中顯現出魔法陣的輪廓。

「現身吧——魔女的嘲笑！」

赭紅色的魔法陣中衝出三個以紅色光影勾勒的尖鼻子魔女，穿素色長袍、發出尖銳的笑聲，騎著掃帚在房間內嬉鬧，一個勁的飛撲向艾迪恩。

艾迪恩正要應戰，但剛才撲了空的賽斯頓也在同時重新出擊，眼看左右兩邊被包抄，艾迪恩別無他法，只能暫且選擇迴避跳開。三個魔女影子機警的閃過了賽斯頓，繞了個圈回來，與兩名魔女在賽斯頓的身後重新組織成新的隊伍。

雖然艾迪恩身手矯健，但是敵方一下子變成五人，這可就不是那麼好解決了。更何況被召喚出來的魔女，普通攻擊對她們根本無效，而她們的魔法攻擊卻有詛咒的附加能力，這對艾迪恩來說可是相當棘手。

「嘻——哈哈哈！」

三個魔女影子騎著掃帚率先衝向艾迪恩，環繞著他亂飛，艾迪恩就算是揮舞流星錘命中她們，她們也只是暫且化成模糊的煙狀物，一轉眼的工夫就恢復成原樣，還嘲弄似的對艾迪恩咧嘴大笑。

被她們弄得心煩意亂，艾迪恩惱怒的一個勁將她們全打散，但下一秒她們又恢復如初。

「該死……」吸進了一些魔女的粉塵，艾迪恩感到有點頭暈。

但在此時，兩名魔女也加入戰局，「緋紅炸彈！」她們使用魔杖尖端射出魔力凝結的紅色圓彈，一秒數顆朝艾迪恩飛馳而來。

艾迪恩屏息，閃過三個魔女影子的戲謔，一個後空翻，僥倖避開一連串的魔法襲擊。每顆魔力球撞擊地面就化成綠色的黏稠液體，具有強烈的腐蝕能力，將石製地板弄得坑坑疤疤，還有殘餘白煙飄起。

艾迪恩雙腿才剛落定，眼角又瞥見有個影子朝自己撲來，他趕緊下腰，勉強躲過賽斯頓的攔腰一擊，卻沒想到賽斯頓轉個身，竟然掃來迴旋踢！這次艾迪恩沒幸運躲過，直接被踹倒在地。

這擊雖不致命，但可不輕，艾迪恩腹部一陣翻騰，正想撐著身體跳起來，卻驚見魔女早已將魔杖對準自己。

紅光凝聚。

「寶貝——我來了！」

歐里弗在魔法彈即將擊中艾迪恩之前，及時將他攔腰抱起，數十顆紅色魔力彈僅僅擦過艾迪恩的衣襬。三個魔女影子飛來，歐里弗揮劍，影子竟尖叫而消散，原來他的劍上浮出薄薄一層火焰，雖然威力不大，但確實成功使出了魔法劍！

歐里弗將艾迪恩放下，帥氣十足的擋在他面前，大聲道：「誰敢動我家寶貝，我跟他拚了！」

艾迪恩挑眉看著他，還有他手上那把隱隱泛著火光的劍，「……需要屬性才能擊退？火焰……這是湊巧，還是幸運？」

想要擊退暗屬性，除了最直接相剋的聖屬性之外，排名第二的就是火屬性了。神聖騎士天生附有一種或多種屬性，悟性高的甚至可以含括更大範圍，但歐里弗卻恰好是火屬性，在擊退惡魔來說，有更大的效用。

這大概就是人家俗話說的「傻人有傻福」吧？

「可惡！竟敢壞了人家的幻影！」金髮魔女大怒，牽起與她長相相同、但頭髮卻是紅色的魔女的手，「姊姊，我們給那個傢伙好看！」

「嗯！」紅髮魔女瞪向歐里弗。

兩名身材火辣、穿著暴露的魔女這樣直勾勾的盯著自己看，歐里弗不禁紅了臉頰，現在除了噴嚏之外，總覺得有一股熱意直往腦袋衝。歐里弗努力將視線移到不會令他尷尬的地方，「妳們這兩個邪惡的魔女，我不會讓寶貝受一絲傷害的！」

不過，他揮劍示威的地方，卻是面對著牆壁。

「那兩個女的就交給你了。」艾迪恩懶得吐槽，望向在一旁摩拳擦掌的賽斯頓，壓著剛才被踢一腳還有點悶痛的側腹，眼中閃過一抹寒光，陰沉沉的說：「那傢伙我一個人對付就夠了。」

歐里弗一愣，「什麼？難道你移情別戀——」

「哼！該死的螻蟻！」賽斯頓的一聲怒吼壓過歐里弗的聲音。

明明是實木且特大的衣櫃，他竟然能像抬紙箱那樣輕易扛起！他看準艾迪恩的方向，狠狠的砸了過去。

眼看比自己還大上兩倍的重物就要迎面墜落，艾迪恩挪動步伐，穩住下盤，看準時機，當重物就在頭上距離不到一公尺時，迅速揮出流星錘正面迎擊。

「砰！」

衣櫥瞬間爆碎成片狀飛散，艾迪恩單臂擋在額前，瞇起的眼中卻捕捉到一個身影自碎片中衝出——是飛身於空，已經做好出拳準備的賽斯頓！

「！」艾迪恩趕緊橫握流星錘去擋。

當賽斯頓猛力的拳頭直接命中流星錘錘身之時，特殊鋼鐵製成的部分居然也出現微小的裂痕，艾迪恩察覺，立刻朝後翻身退開，以免流星錘真的會從此報廢。

而此時，歐里弗還在一面克服心理障礙，一面與兩名魔女戰鬥。雖然歐里弗老是因為不敢太接近魔女而避開，但他的身手確實沒想像中的差，再加上有屬性劍的加持，魔女特別小心，於是雙方戰況呈現膠著。

艾迪恩看了一眼稍稍起了裂痕的流星錘，瞇起眼睛盯著賽斯頓，「這傢伙的身手還挺不賴的嘛……」

「麻煩死了……去死、統統去死！」賽斯頓厭倦了戰鬥，想速戰速決的他雙手抱拳，仰天大喝一聲：「來自幽谷，受詛咒的王者啊！請降臨吧！」

這時，只見他身上亮起驚人的紫黑色光芒，一道漆黑的魔法陣在他赤裸的胸前逆時針旋轉。

歐里弗愣愣的回頭望向賽斯頓，「什、什麼？」

魔法陣完成凝聚之後，停止旋轉，並且深深沒入他的胸口，「吼！」賽斯頓握實拳頭，一陣突來的大吼充斥著強勁的力量，以他為中心擴散出去的聲波將四周物品震得東倒西歪。

他身上有黑色的影子籠罩著，在同一個角度，會看見人與惡魔的臉的影子重疊，背後甚至生出一對宛如幻影似的黑色翅膀。

艾迪恩從沒遇過這種情況，但他直覺眼前的對手又變得更難纏，不禁下意識的握緊流星錘，全神貫注的備戰。

賽斯頓重新向前移，才剛做出要向前衝刺的動作，腳一頓地，人卻瞬間消失了行蹤。艾迪恩心底一驚，當感到強勁的風自身邊掃過，這才明白原來是對方的速度快到肉眼難以捕捉。

冷不防的撞擊自側邊將艾迪恩撞飛！

「寶貝！」恰好看到這幕的歐里弗驚呼。

艾迪恩來不及作出防禦，嬌小的身體就像破布娃娃那樣飛衝出去，撞上了一旁的沙發。幸虧落點具有緩衝能力，雖然被狠狠的移動好一段距離，但艾迪恩只感到痛而已，並沒撞斷骨頭。

艾迪恩咬牙，撐起身體，倔強的站起身。

看來，他這次遇到強勁的對手了。

「哈——哈哈！」賽斯頓看艾迪恩那搖搖晃晃的樣子，狂妄的哈哈大笑，「這樣就不行了？我還想多玩玩哩！」

說著，他又消失了蹤影，瞬間閃現到艾迪恩身邊，又是一次迴旋踢。

這次艾迪恩勉強看出一點跡象，有稍微閃過一些，沒有受到致命的攻擊，但卻還是被擊倒了。他咬牙雙腿使力，使自己能立刻起身。

「太慢！」

「唔！」

賽斯頓出現在他身後，使出一記肘擊。

艾迪恩感覺到殺氣，雖然勉強閃過致命一擊，但這次賽斯頓不打算就此罷手，他對艾迪恩次次出拳都對著要害，而且攻擊速度飛快無比。此時他身上的黑影惡魔猙獰的臉幾乎要蓋過他人的模樣。

雖然速度分散了賽斯頓的力道，但艾迪恩仍然連續中了幾擊，身體變得有點鈍，他只能頻頻拿出流星錘來阻擋攻勢。

嘴裡瀰漫著血腥味，流星錘的損壞也越來越嚴重，艾迪恩明白再這樣下去，自己遲早會吃敗仗。

但這時候的歐里弗還在跟魔女對戰，都自顧不暇了，根本不可能來幫忙。

——這傢伙還說會保護我。

艾迪恩心中掠過一絲不悅。

然而，當艾迪恩察覺到自己居然會想依靠他人時不禁一愣，一個閃神又害自己多挨了幾次攻擊，他趕緊退開彼此的距離。

根據幾次的攻擊，艾迪恩發覺因為身高的差距，賽斯頓的攻勢基本上都集中在上半部，因此只要一開始先出其不意的蹲低身姿，賽斯頓就會有大概半秒的揮空。賽斯頓現在的破綻在背後，那麼只要想辦法繞到他背後，給他致命的一擊……

「想逃？」後頭突然傳來賽斯頓冷酷的聲音。

艾迪恩反射性的退開一步，眼角馬上就捕捉到對方揮拳的方向，他立刻祭出流星錘，但這一直拳卻剛好砸在流星錘早已裂痕之處，「卡嚓！」流星錘在手中碎裂，艾迪恩不禁瞪大眼睛。

「哈哈哈！沒武器了！這次換你腦袋瓜啦！」賽斯頓猙獰的大笑，惡魔的臉已經完全占領了他的容貌。他舉起拳頭朝著艾迪恩的頭部狠狠砸去，「去死吧！」

破綻太大，艾迪恩看穿了他的意圖。艾迪恩僅以幾公釐之差閃過致命一擊，並且自他胯下繞了過去，瞬間來到他的背後。

「！」賽斯頓沒料到艾迪恩出此招，不禁一愣。

弱點就這樣暴露在自己眼前，但流星錘卻已斷，艾迪恩拋下流星錘，從懷中抽出那本形影不離的聖經，「回敬你！」

在賽斯頓扭過身來阻擋之前，艾迪恩已經將聖經狠狠的砸到他身上去了。

老舊的聖經本碰觸到賽斯頓身上的惡魔的剎那，發散出銀色聖光，狠狠灼傷了賽斯頓的皮肉，但聖經存在的聖屬性太些微，再加上紙張難以負荷這般強烈的能量，竟然當場焚燒成碎屑。

但侵蝕的能量仍然存在，賽斯頓被命中的部位出現了糜爛的痕跡，而且還在持續緩慢的蔓延到他處。作夢也沒想到會被這樣羞辱，賽斯頓瞪大眼睛，惡魔猙獰的臉孔扭曲，憤怒尖聲大吼：「看你幹了啥好事！」

現在手上沒有任何武器，艾迪恩朝他後頸部甩下一記手刀，翻身退到安全處。賽斯頓跌趴在地上，肉體因為一下子受到重創而暫時無法動作。

「贏了……？」艾迪恩不確定的盯著賽斯頓。

「寶貝！你真行！」揮一把汗，歐里弗大大的豎起了拇指。

他的臉上莫名其妙多了好幾個紅唇的印子，而且前領的釦子也打開了——魔女們看他純潔，打到後面反而開始調戲起他來了。

魔女們看到這情況，驚呼一聲，趕忙衝上前去，「大人！」

「砰！」

就在此時，隔壁傳來的轟隆聲響震碎了靜夜。

歐里弗與艾迪恩下意識回頭望向大開的房門，只見一個頸部綁著飄逸布條的身影挾持著一位穿著長裙的女子掠過前方。艾迪恩藉由外頭的月光那麼一看……那名女子竟然是玫雅！

那人蒙著面，只見他奮力一踹落地窗，並在玻璃四散之際，抱著玫雅，從空空的窗框一躍而下。

「玫雅！」跌坐在房間外頭，失魂的瑟爾一看到玫雅被擄走，驚呼一聲，左右張望一會兒，趕忙從樓梯的方向追去。

「啊？發生什麼事了？剛才好像……」一切發生得太快，歐里弗還傻呼呼的愣在原地，回頭原本想問艾迪恩，卻赫然發現怎麼魔女們都不見了，而且倒在地上的賽斯頓也變成人的樣子，「人呢？」

「嗯？」艾迪恩困惑的回頭。

只見凌亂的房間內，就只有賽斯頓一人以面朝地的躺在那裡。身上飄浮的惡魔影子居然消失了，而他結實的背上還殘留著被灼傷的痕跡。

歐里弗傻眼了，「現在到底是……？」

看樣子惡魔可能是因為保命而逃走，連魔女們也走了，畢竟再這樣待下去也沒有意義。艾迪恩思索了一會兒，決定去追擄走玫雅的那個陌生人，便毅然奔向破碎的窗口，一躍而下。

「等等我啊——」

歐里弗看艾迪恩居然翻過窗戶，從三樓跳了下去，眼睛都快凸出來了，但當他靠近窗口，看見艾迪恩的身影奔向森林，這才鬆了口氣。原本他想要跟著跳，但猶豫了一會兒，還是決定走樓梯。

「寶貝、等等我！」

第六章 傭兵入團試煉

此時已經快要天亮了，遠方的天空翻起魚肚白。

為了追逐綁走玫雅的人，以及追對方追到失蹤的瑟爾，歐里弗和艾迪恩兩人在森林之中奔馳。不過，晚上的視線其實很糟，人早就已經追丟了，現在兩人只是照著印象中的方向追去罷了。

歐里弗終於撐不住了，停下腳步，彎腰喘氣，「呼、呼……等、等一下……」他的肺彷彿要燃燒起來似的，老早就喘得上氣不接下氣。

再次瞧了一眼看似無邊無際的森林，艾迪恩暫且回頭。

「這樣追下去也找不到……別白費力氣了。」歐里弗好不容易才緩下氣息，揮一把額頭上的大量汗水，「我們應該要有個目標才行……」

艾迪恩蹙眉。

「目標？不就是追那傢伙？」

「我當然知道是要追那個人……我的意思是，我們應該從別的方法下手……」歐里弗思考著，當天色逐漸明亮，他這才發覺樹林之中似乎有什麼人為的東西插立在不遠處的地方，「那是啥？」

「什麼？」艾迪恩隨著他的視線望過去。

兩人一起走過去查看。

樹林小路間，有個雕成人形的木柱，只有一隻右臂，身上以彩色顏料畫上衣物的模樣。這人形木柱右臂平舉，握著一把長矛，指向東北的方向。

「哈哈，這人形看起來好怪……」

艾迪恩順著矛所指的方向望去，發現樹林間似乎有什麼東西，「紮營？」他不理會歐里弗，逕自走向該處。

「等等我！」歐里弗一愣，趕緊追上。

兩人走進樹林小徑，越來越接近時，才看清楚原來艾迪恩剛才看到的正是一座臨時村落。一座座白色的半圓形帳篷傘落在林蔭底下，門口大多有營火在燃燒，而傭兵們的換洗衣物隨意掛在樹枝或帳篷上晾乾，看起來有點雜亂，而且雜物就隨手扔在一旁，沒吃完的食物瀰漫著臭味。

「那是誰的基地啊……看起來比我家牛舍還亂……」歐里弗捏著鼻子，自樹林間偷偷探頭望著。

艾迪恩原本也沒認出來，但當他看到垂掛在樹枝上的某件外套時，發現右臂的部位別著一圈布質的臂環——手中握著短刃，頭綁頭巾的黑貓。這可是某個傭兵團的象徵，而且是目前最大、分布最廣的傭兵團「搗蛋黑貓」。

「你們是誰！」

旁邊突然竄出五名傭兵，拔刀對著兩人叫囂。

歐里弗一看到他們邋遢、而且包頭巾與圍巾的打扮，表情看起來就是一副地痞流氓的樣子，不禁驚呼：「哇、是傭兵啊！」

「還吵！」其中一名傭兵舉刀假裝要砍，歐里弗反射性的瑟縮一下。看到他那反應，傭兵冷哼的笑一聲，「你們兩個小鬼到這來，是來投靠我們的？還是迷路哭哭啊？哈哈！」

另一名傭兵也跟著幫腔，「老兄，帶著小朋友亂逛還迷路，不太好喔……」

「哈哈哈哈！」

明明也不怎麼好笑，但傭兵們不曉得在打什麼主意，上下打量著艾迪恩，接著一群人就哈哈大笑起來。

「……」艾迪恩開始有點不悅了。

面對那些人下流的訕笑聲，歐里弗氣得臉都漲紅了，「他不是我的孩子！他是我的寶貝、是我未來的老婆……呃，還是老公？」連他自己也搞糊塗了。

「哎唷、這麼甜蜜喔？」傭兵用大拇指抹去眼角淚水，但隨即露出痞痞的笑容，以刀尖勾起艾迪恩的下巴，「不過呢，我們兄弟缺女人，正發愁哩！你的女人就留下來陪陪我們吧！」

「哈哈哈！這麼嫩的你吃得下喔？」

歐里弗勃然大怒，「你們這是在做什麼！他是我的——」

在他話還沒說完，甚至尚未推開那名失禮的傭兵之前，艾迪恩用大拇指與食指捏住刀鋒，啪嚓一聲，刀就斷成兩截。

「哇！」傭兵們嚇得退開一步。

艾迪恩走上前，一雙碧綠的眼睛緊盯著剛才口出穢言的傭兵，「我不認識旁邊那個變態。還有，我是男的，我已經十九歲了。再來，陪你們？沒問題！」說完，他一個箭步衝上前，一股腦兒的將怨氣出在那些人身上。

一陣拳打腳踢之後，傭兵們一個個倒在地上哀號，而艾迪恩拍拍手上的灰塵，整個過程大概不到三十秒。

「真不愧是寶貝！」歐里弗比個大拇指。

艾迪恩瞟他一眼，「……你也要？」開始折指關節。

歐里弗立刻閉上嘴，拚命搖頭。

「居然是男的……」其中一名傭兵咕噥著，但被艾迪恩一瞪，馬上翻白眼裝死。

剛才跋扈的傭兵一下子紅了鼻子，哽咽的哀鳴道：「嗚嗚……怎麼這樣啊……大人才剛綁到個漂亮女人，可是這次卻不分給我們……還要辦什麼婚禮……我們也很孤單寂寞啊……」

聽到這些關鍵字，艾迪恩瞇起眼睛，一腳踏在那人的肚皮上，「說清楚。」

「對不起對不起我錯了！」那名傭兵嚇得趕緊賠不是，一把鼻涕一把眼淚的抽鼻子，「就、就是大人他好不容易在昨天晚上綁走了他暗戀的女人……還說要趁這個機會到剛搶到手的地盤結婚，封她當押寨夫人啊……也不想想其他弟兄……」

「剩下的閉嘴。」艾迪恩冷漠的打斷他的話，「說，那地盤在哪！」

那名傭兵嚇了一跳，「可、可是那只有我們『搗蛋黑貓』才能進去的啊！我們有規定，除了自己人之外，絕對不能向外人透露關於那地方的情報……」

艾迪恩挑眉，「好，我加入了。」

傭兵們與歐里弗都不約而同的瞪大眼睛。

「啥？」

◆※◆※◎※◆※◆

在一名傭兵的帶領下，兩人光明正大的進入了「搗蛋黑貓」傭兵團的臨時聚落。

這個時間點，絕大部分的傭兵都不在聚落裡，留下來的除了負責守衛的幾個人之外，絕大多數都是受傷、或者是等著輪替的傭兵。

傭兵們盯著這兩個外人，艾迪恩不以為意，但歐里弗總覺得那些人的眼神銳利到好像會扎人，就算是想不在意都難。

因為艾迪恩說要加入傭兵團，歐里弗秉持著「夫唱夫隨」的精神——雖然他對傭兵的印象奇差無比，但為了愛，同時也要保護艾迪恩以免有人亂虧——還是硬著頭皮跟著進入聚落了。

「寶貝，你是真的要加入嗎？」歐里弗湊到艾迪恩旁邊，小聲的說：「他們可都是一些找不到工作、喝酒吃肉的地痞流氓欸……如果加入的話，寶貝若你被帶壞的話……」

艾迪恩瞟他一眼，「我們必須找到瑟爾，還有他妹妹，再把他們帶回去。難道你打算放生他們？」

「不……只是……」歐里弗為難的嘆了口氣，「好吧……」說完，他雙手合十，虔誠的對著天空喃喃自語：「親愛的家鄉父老……請原諒我，我保證完成任務之後立刻離開他們，真的，我發誓！」

艾迪恩只是覺得這舉動蠢到家，完全不管歐里弗，拋下他繼續往前走。

走著走著，來到聚落的中央廣場。

廣場中央有個用木頭高高堆疊而成的營火塔，還有許多大鍋、烤架等等的器具。

其實這裡是傭兵們處理伙食的地方，雖然只有晚餐的時間會開伙，不過那時候可是非常熱鬧。至於吃什麼，就要看當天的收穫如何而定了。

「那個……大哥，因為礙於規矩……你們必須要通過我們的試煉才行……」那名傭兵停下腳步，討好似的搓著手，小心翼翼的說：「我知道大哥你的實力很強，可是這是規定……」

艾迪恩摩拳擦掌，「嗯，把所有人叫出來，我一拳解決。」

「啊！我們的試煉不是要打人的！」那名傭兵以驚人的速度閃到旁邊去，當看見艾迪恩收起拳頭，這才小心翼翼的靠過來，「那個……我們的試煉是要抽籤的……這是籤筒。」他將一旁的破舊木箱拿過來，上頭用黑布遮著。

「？」艾迪恩看了一眼籤筒，毫不猶豫的將手伸進去，從裡面的木片中抽出一塊來，拿起來一看，上面以紅色顏料寫著「謀財害命」。

歐里弗一看，震驚的大叫：「哇！這種傷天害理的事情怎麼能做啊！」

「麻煩你也抽。」那名傭兵也將籤筒推向歐里弗。

歐里弗開始懷疑籤筒裡的任務是否都不是好事，在他的視線裡，這邪惡的籤筒甚至還瀰漫著一股扭曲的紫色氣息。他掙扎的再看一眼艾迪恩，想起已經過世的祖先們，深吸一口氣，最後還是抽了。

他顫抖的手拿起木片一看，上面寫著「偷竊」。

「什麼！偷竊！」歐里弗瞪大眼睛。

「嗯，這種事情對我們傭兵來說是家常便飯，不用這麼驚訝吧？」比起對艾迪恩的尊敬，那名傭兵對歐里弗可沒這麼友善了，「你們兩人的任務不一樣，請問哪位要先解呢？」

艾迪恩看歐里弗還陷入天人交戰之中，要他先開始根本是浪費時間，於是便開口說道：「我先。」

「不不不！我怎麼可能讓你謀財害命啊！」歐里弗飛也似的擋在艾迪恩前面，眼角含著眼淚，在心底暗暗對祖先道歉之後，轉身對那名傭兵說：「我先！嗚……至少偷東西比殺人好多了……」

傭兵不耐煩的瞅歐里弗一眼，「搶劫是裡面最簡單的任務了啦！」他指向坐在大鍋前，拿著大鍋子正大口喝湯吃肉的壯漢，「看到那傢伙沒？」

「嗯。」歐里弗漫不經心的點頭。

「你看到他身上的鯨魚娃娃沒？」

「嗯。」歐里弗確實在他緊繃的褲子口袋中找到一隻外露的藍色鯨魚娃娃，小小的，大概只有一個拳頭大。但點頭完，他腦袋裡聯想到那個任務，不禁白了整張臉，「該不會意思是……？」

傭兵點頭，用下巴比向那壯漢，示意歐里弗快點行動，「嗯哼。」

「這……」

歐里弗為難的看著那名壯漢。看他身材這般魁梧，手臂上一股股的肌肉厚實無比，感覺只要被他指尖彈到，就會瞬間飛回家鄉那樣。

但是，艾迪恩就在旁邊，而且他突然想到，如果說示範一次偷竊這犯罪行為，或許能激起艾迪恩的正義感，況且艾迪恩本身就是個聖職者，再怎麼樣也不該犯下殺人罪才對！

「好！我去！」歐里弗大喊，跨著大步，朝壯漢走去。

艾迪恩挑眉，遠遠的在旁邊看熱鬧。

但是歐里弗的勇氣跟壯漢之間的距離成反比，越接近對方，他的勇氣就少一些，當他真的來到壯漢背後不到五公尺的時候，他的勇氣已經消失殆盡了。

他站在原地，看著吃得津津有味、甚至還為自己添飯的壯漢，發呆。

歐里弗看著那隻藍色鯨魚娃娃盪啊盪的，想到要犯罪，就渾身發汗，「果然……還是……」他想放棄，但回頭卻見艾迪恩熱切的眼神凝視著他，「呃……寶、寶貝是在擔心我嗎？」

其實艾迪恩只是單純不耐煩的看他何時才下手。

歐里弗突然士氣大振，對自己打氣道：「好、你做得到！絕對沒問題！反正就只是偷個東西而已……」

「一個人在那邊碎碎唸啥？」歐里弗自我激勵得太大聲，壯漢轉過頭去，一臉不耐煩的看著他。壯漢放下碗，眉目間充滿戾氣，「你他媽欠揍啊小子？」

「啊……我……哈、哈哈……」歐里弗尷尬的望向他處，滿頭大汗，「呃，是這樣的啦，我是新來的……」

「啥？」壯漢瞇起眼，喀啦喀啦的折著指關節，「你他媽找俺幹啥？該不會又是哪個他媽的死傢伙又叫新人來偷俺的東西！告訴你！你他媽的敢找俺當對象，俺他媽的馬上讓你死在這裡！」

「呃……那個……我……」這些話聽得歐里弗心虛外加恐懼，魂魄都快飛了，說話都開始語無倫次起來。

壯漢想到上次有人摸走他的寶貝小雞娃娃，還回來時還髒了一半，就令他心疼不已，但偏偏找不到凶手，害他只能忍氣吞聲。

他看歐里弗越來越可疑，想起上次發生的事情，怒氣加成之下，拋下手中吃到一半的食物，任它傾倒。接著體型壯碩威武的他站起身來，然後雙手抱拳，乜斜著嚇得退開兩步的歐里弗，「混帳……沒有人能拿走俺的小鯨魚！」

就在他要揮拳之際，艾迪恩衝上前，以單掌接住了他的拳頭。

「寶貝！」歐里弗感動得亂七八糟。

「……小子，你他媽也想打俺小鯨魚的主意？」壯漢青筋大大的浮現在側額，齜牙咧嘴的凶狠模樣，簡直要將兩人生吞活剝似的，「俺要你他媽的吃不完兜著走！」說完，就要揪住艾迪恩的衣領。

但艾迪恩老早就看穿了他的動作，一個閃身躲開，並順勢抓住他的手臂，在壯漢來不及反應之前，以膝蓋踢他的膝窩，讓他向前傾倒，再將他的手臂扭到他身後，瞬間將他制伏在地上。

「！」在場者以及壯漢都傻了。

艾迪恩看歐里弗還在發呆，他擺頭，暗示歐里弗對無人看守的無辜小鯨魚下手。歐里弗傻了半秒，這才回神，彎下腰將小鯨魚娃娃拔走。

當艾迪恩一鬆手，壯漢回頭看見自己心愛的娃娃又被拿走，眼眶和鼻子都紅了。他嘴角下彎，淚眼汪汪的望著兩人，「人家的小鯨魚──嗚嗚嗚嗚！」還一邊翹著蓮花指，淚奔而去。

「好了。」毫不理會遠去的哭泣聲，艾迪恩回頭看向瞧得目瞪口呆的出題傭兵，問道：「偷到了，通過了吧？」

那名傭兵傻了半晌，當壯漢的哭喊聲消失的時候，他才終於回過神，「不！這根本就不算是偷竊，是搶劫……」

「喀啦喀啦──」

艾迪恩冷酷的折指關節。

「噢，幹得好！你真是太厲害了！」傭兵笑容僵硬的大力拍著歐里弗的肩膀，眼角餘光戰戰兢兢盯著向艾迪恩那方向，「從今天開始，你就是我們傭兵團的一分子了！來！」他將一條環狀布條塞給歐里弗。

歐里弗拿起來一看，就是他們在傭兵所晾的衣服上面有的東西，別在衣袖上的臂環，上頭有象徵傭兵團的圖騰。

「換我了。」艾迪恩將手中的籤拋給那名傭兵，不理會滿臉不捨的歐里弗，「早點解決吧，別浪費時間。」

那名傭兵看了艾迪恩一眼，嘆了口氣，「跟我來吧！」

第七章 暴力牧師的一拳秒殺

艾迪恩與歐里弗跟在那名傭兵的後頭，原以為考試場地只在附近，但對方領著他們越走越偏遠。不僅離開了傭兵聚落，甚至還穿越了一片森林。

走在杳無人跡的森林小路，歐里弗提心吊膽的左顧右盼，卻見艾迪恩老神在在的跟著對方走，他趕緊繞到艾迪恩旁邊去，看著傭兵的背影小心翼翼的問：「寶貝，這是不是陷阱啊……該不會是要把我們殺人滅口吧？」

艾迪恩瞟他一眼，「我一秒就能解決他。」

聽到這句話，歐里弗戛然閉上嘴。他竟忘了這邊有個比誰都還要暴力的傢伙在，一般的匪徒根本沒得比！

走在前方的傭兵回頭，指向不遠處的樹叢後方，「就在前面了。」

被掩蓋在藤蔓之中，只露出一角的黑色洞窟，裡頭又深又黑，從外面根本看不出來到底藏了什麼秘密。

「吼……」

還在樹叢後面探頭探腦的歐里弗聽到來自洞窟的詭異叫聲，不禁寒毛直豎，「那裡面該不會有什麼怪物吧……我好像聽到了奇怪的聲音欸……寶貝，我看還是別進去好了……」

傭兵不耐煩的瞟他一眼，看向一臉淡定的艾迪恩時，面帶微笑的搓著手，「艾迪恩先生，我們的試煉場就在前方了。」

「嗯。」不理會歐里弗的阻攔，艾迪恩毫不畏懼的掠過草叢，一把撥開藤蔓，屈身走進了洞窟。

眼看那名傭兵也跟著進去，歐里弗怕艾迪恩會有危險，急道：「等我！」

但當歐里弗闖進洞窟時，傭兵按下了控制機關的按鈕，不規則的幽暗洞窟牆邊，一盞盞的暗燈自動被點亮。洞窟裡面空空蕩蕩的，踏進門口後，前方就只有一根根粗鐵柱成列的擋在前，看起來似乎是監牢。

洞窟裡亮度不大足，反而襯托洞窟中間部分的幽暗。

在洞窟內的聲音會被放大，艾迪恩可以清楚聽見有某個生物在巨大籠子裡呼吸的聲音。

「該不會養了什麼怪物吧……」歐里弗從籠子外探頭，只能隱約看見似乎有什麼東西的輪廓隨著呼吸起伏，體積頗大。

啪嚓一聲，傭兵打開最後的開關，置於籠子頂端的大燈亮起。

只見寬敞的籠內，幾個人形的木板散立在其中，地上散落著大大小小有啃食痕跡的白色骨骸。而歐里弗剛才看見的大型生物，就窩成球狀，在骨骸上頭呼呼大睡。

牠擁有十二對足，而且冗長的尾部非常細，身體一節節的，扁扁的頭部生有一對複眼，頭部的兩邊是酷似觸鬚的觸角，咀嚼式口器不時蠕動著。在光照下，牠剛硬的甲殼顯現的是宛如金屬光澤的深咖啡色。

重點是，牠少說也有十幾公尺長，擁有昆蟲外貌的牠看起來非常可怕。

「這、這啥啊！」歐里弗第一次看見這種生物，不禁震驚得跌坐在地上。

艾迪恩凝視著這生物，已經看出一些端倪。

要是他沒記錯，他曾經在某堂課的課本上看過這東西。那堂課教了許多稀奇古怪的案件還有生物，而這東西因為長相太過怪異，艾迪恩就算只看過一眼也能記得。

牠是傳說中在地獄邊緣徘徊，專吃屍體的獸——地獄蟲。

其實這說法不一定是真的，畢竟誰也沒親眼見識過地獄，但確實有人在杳無人跡的深谷底見過牠們成群的身影。但唯一肯定的是，牠們鐵定不是吃素食的和平生物。

「這傢伙是我們老大從小養大的，除了老大，沒人能命令牠。」

那名傭兵似乎非常滿意歐里弗那嚇壞的反應，他再次按下旁邊的紅色按鈕，只見天花板幾處開了個小洞，從中落下一團團牽著鐵鍊的紅色物體，不偏不倚的掛上散落的幾個木板人的脖子上。

紅色物體是碎肉，且散發著一股難聞的腥味。

艾迪恩挑眉，「……這是？」

「那紅色的東西是我們特製的肉餅，由狩獵來的動物內臟製成，是牠最喜歡的食物。」傭兵盯著那怪物，當牠嗅到味道而甦醒過來時，他還是感到有點可怕，「你的任務就是搶在牠吃掉所有肉塊之前，搶走至少一塊肉——並且活著。」

歐里弗光是聽到要從那怪物口中搶食，臉就已經白了一半，「什……」

艾迪恩抬頭，看向那頭獸。正好與剛清醒的牠四目相對。

野獸直覺艾迪恩是個威脅，牠發出一陣嘶吼，聲響在洞窟內震盪，聽起來更令人膽戰心驚。

歐里弗光是看到那頭獸甦醒，還有牠冗長宛如蜈蚣的身體蠕動的樣子，就已經渾身起雞皮疙瘩，現在牠像蛇類那樣挺起上身，拖曳在地上的尾部不算，至少也有兩、三公尺高，非常駭人。

「……寶貝，我們還是……」

「開門。」

「欸？」歐里弗見那名傭兵拿出鑰匙正要打開鐵門，嚇得趕緊阻止，「不！這實在太危險了！我絕對不能——」

艾迪恩現在眼裡只有地獄蟲，見傭兵跟歐里弗在那邊爭奪不休，眼看地獄蟲就要有所行動，「擋路。」最後一煩，索性推開兩人，伸長腿就朝鐵門中心猛地一踹，歪曲的鐵門砰的一聲被踹開。

他留下被嚇得僵硬的兩人，大步走進鐵籠之中。

當艾迪恩闖入了地獄蟲的領域，地獄蟲開始警戒起來，牠將身子抬得更高，一環環的關節發出微微的錯動聲響，十二對足同時朝不同方向蠕動的樣子任誰看了都會頭皮發毛。

「一塊是嗎？也太簡單。」艾迪恩沒興趣管那條大蟲虎視眈眈的盯著自己，已經將目標鎖定在左前方，距離自己不到十公尺處的肉塊。

但就在他挪動腳步之際，地獄蟲以驚人之勢飛撲而去，冗長的身體在後頭拖曳成S狀，艾迪恩及時察覺而退開，但地獄蟲一口將他鎖定的目標連同木板人都咬成碎片，一口吞下肚。

地獄蟲的行動速度相當快，而且力道狠。

歐里弗親眼見證這地獄蟲的厲害，瞠目結舌。他想衝進籠子裡把艾迪恩拖出來，激動道：「寶、寶貝！不行、這實在是太危險了……」

但一旁的傭兵趕緊將他拉回來，「住手！別打斷試煉！」

「我家寶貝面臨危險欸！」

「這是試煉的一環啊！」

艾迪恩嫌煩的將鐵門塞回去，喀啦一聲，鐵門歪歪曲曲的卡死在門框了，任由歐里弗怎麼推或拉，也只能聽見鏗鏘鏗鏘的金屬撞擊聲，鐵門完全無動於衷。

「你們給我待著。」艾迪恩瞟了一眼歐里弗。

歐里弗可嚇壞了，「寶、寶貝！」

不理會歐里弗的呼喚，艾迪恩盯著前足抓著食物大口咀嚼的地獄蟲。只見牠殘暴的扯碎肉塊，滿嘴的肉汁與唾沫滴答墜落，那噁心的模樣令艾迪恩心底浮現厭惡之感，根本不想靠近。

艾迪恩看了一眼離自己第二近的目標，打算趁地獄蟲還在大快朵頤的時候儘快解決。誰知道地獄蟲從頭到尾都以複眼緊盯著他，牠很清楚這個人的真正目的，所以當艾迪恩稍稍有所動作的時候，牠毅然拋下食物，飛身撲向艾迪恩的下一個目標。

劈啪幾聲清脆碎響，艾迪恩的目標物又被地獄蟲撕成碎片，還戲謔似的大口嚼著。不管艾迪恩再試幾次，也是面臨同樣的結果，眼看就剩下最後三個木板人尚在。

三番兩次被搶先，艾迪恩已經有點不爽了。

眼看殘餘的三個木板人散立在洞窟的各處角落，距離相當遙遠，而且那蟲子很會辨認他的目標物，所以若是用剛才那種方法，大概也只會空手而回。

這次他決定用別的方式誘導牠。

艾迪恩鎖定好新目標，但卻刻意往相反的方向挪動腳步，地獄蟲果然上當，想都沒想就朝那方向最近的木板人飛馳而去。見狀，艾迪恩突然來個一百八十度大轉彎，直衝向真正目標。

地獄蟲雖然察覺到了，但來不及煞車，連帶著木板人撞上一旁的岩壁，整個洞窟發出轟隆巨響，震得天搖地晃，而脆弱的木板人立牌連同誘餌都被撞個稀巴爛。地獄蟲這次撞得不輕，痛得甩頭嘶吼。

見這招見效，艾迪恩更直朝目標逼近。

「寶貝、衝啊！」歐里弗看得相當緊張。

傭兵不發一語，抓著鐵桿，緊盯著眼前的狀況。

其實抽到這考題的人從來沒有真的成功過，絕大多數的人光是看到地獄蟲就已經嚇得魂不附體。今天像這樣遇到這麼大膽的人，竟然還敢誘騙地獄蟲，他真的是頭一次看到。

不過，代價可能不小……

「寶貝小心！」

艾迪恩拔腿狂奔，目標物眼看就將拿到手，歐里弗的一聲大叫使他機警回頭，卻見地獄蟲竟然捲曲成球狀，沿著岩壁，高速滾過洞窟頂部，以驚人之勢朝著他的這個方向俯衝而下。

艾迪恩千鈞一髮之際避開這巨大的蟲體撞擊。

「喀啦喀啦——」

幾乎是在同一秒，地獄蟲球毀了艾迪恩的目標物，壓成一灘爛泥。更糟糕的是，地獄蟲球根本煞不住這驚人的速度，牠撞擊之後，沿著洞窟邊緣高速刷了好幾圈，而殘存的木板人恰巧都在路徑上——全毀了！

「啊……」歐里弗沒料到會是這種狀況，傻眼了。

而艾迪恩站在洞窟中央，眼睜睜的看著這顆該死的球繞了一圈又一圈，碎裂的肉塊根本就死死的黏貼在地上，被輾得延展開來。

他試著用腳去推肉泥，但只有些許附著在鞋尖上，已不成形。

艾迪恩頭上飄浮著黑色能量，折起指關節，喀啦喀啦作響。他算準了蟲球滾動的速率，猛地加快腳步直衝向那方。

還不知道他到底打算做什麼的兩人愣愣的探頭。

「這該死的傢伙……」艾迪恩低吟著，猛然一蹬地，飛身跳躍起來，直直的朝著按照路徑滾過的蟲球，「給我去死！」他抱拳一揮，這顆倒楣的蟲球硬被改變了行徑方向，上下撞擊岩壁頂以及地面，發出砰砰砰的劇烈轟響，而洞窟發出結構崩裂的悶響，眼看撐不了多久。

「糟了！快崩塌了！」傭兵驚呼一聲，飛也似的衝出洞窟。

歐里弗看情況果真不妙，趕緊對籠子裡頭的艾迪恩大喊：「寶貝！快出來！洞窟快要垮了！」

艾迪恩埋怨似的瞪了一眼被撞得七暈八素的地獄蟲，當感覺到洞窟頂部的碎石與塵埃不斷墜落，而且暗藏在洞窟邊緣的機關也竄出陣陣藍色火花，看樣子真的得非走不可了。

艾迪恩直奔出口，對著卡死的鐵門又是不多說的一腳踹去，鐵門瞬間飛衝而去，變成一堆扭曲變形的廢鐵落在一旁。

「快走！」

「嗯！」

在洞窟即將崩毀之際，艾迪恩與歐里弗總算是衝了出來。當歐里弗後腳剛收回，洞窟轟隆隆的開始崩塌了。

「嘎嗚——」

噪響響徹整片山野，其中夾雜了地獄蟲發出的最後哀鳴，大量的塵土瀰漫在附近約百餘公尺的範圍。

當環繞在樹林間的噪音漸漸趨於平緩，灰頭土臉的艾迪恩回頭，只見那座山頭瞬間矮了大半，而且洞口被雜亂的大石塊堵住，裡頭應該是面目全非了。

「寶貝，你沒受傷吧！」歐里弗不顧自己滿身灰，急忙攙扶起艾迪恩。

艾迪恩凝視著洞窟。

——爛東西，真脆弱。

「天啊……」剛才逃走的傭兵自躲藏的草叢中走出來，當他看見整座山都平了大半，嚇得整張臉都白了，「看你幹了啥好事……這可不關我的事，你要自己負責！」

「欸！你怎麼那麼不講理！」歐里弗見他居然想撇清關係，氣得大罵：「要不是你出那種詭異的題目，我家寶貝也不用冒這種險啊！還好他沒事，否則我就揍你！」

「鬼才知道會發生這種事！打從娘胎出來，我還沒看過有人能毀了一座山！」擔心責任問題的傭兵氣得臉紅脖子粗，但突然發現艾迪恩看向自己後，他渾身冒冷汗，趕緊將矛頭指向殺傷力較小的人，「你這土包子，少在那邊自以為是，憑你也想打贏我？我呸！」

「唷，現在是想打架了？」

「有種就來啊！」

歐里弗與傭兵兩人越吵越凶，距離越來越靠近，甚至額頭都頂到彼此了。雙方怒吼的聲音越來越大，各自摩拳擦掌，眼看就要大打出手。

「住手。」

一道男聲自後方傳來。

在場三人下意識回頭望向聲音來源。

只見一名金色短髮、紮著頭巾的男子自小徑走出，他身後跟了五、六個表情訝異的小新人。他們也是要參加「謀財害命」這項挑戰的入團新人，只是走到半途就遇上地震，當看到試煉場變成這模樣，不禁傻眼。

「大、大人！」傭兵慌忙的跪下來，「那、那個，會變成這樣不是我的錯……」

艾迪恩看著這名男子，總覺得好像在哪見過。

歐里弗心中大感不妙，但現在這種狀況如果轉身就逃，只會更糟糕。

這名紮頭巾、嘴邊叼根草的痞痞的男人僅看傭兵一眼就略過，深咖啡色的狡詐眼睛上下打量歐里弗及艾迪恩一會兒，最後將視線停留在歐里弗身上，「唷，小子，看來實力挺不賴嘛？居然還能殺了我的蟲，算你狠。」

「呃……」歐里弗看了艾迪恩一眼，搔搔頭，有點膽戰心驚的說：「抱歉抱歉，一個失手就……還有你的寵物的事情，我也很遺憾……」

艾迪恩繞過歐里弗，直直的盯著那男子，「是我幹的。」

「寶貝……」歐里弗愣了一下，連忙解釋：「抱歉，他只是在開玩笑——」

但那男子只是一把推開歐里弗，彎下腰來，瞇著眼睛端詳著艾迪恩，而艾迪恩澄澈的碧綠雙眼毫不避諱的凝視著他。

大概過了幾秒之後，男子突然大笑起來，「哈哈哈！真是有趣的傢伙！我喜歡你的眼神，好！你錄取了！」

傭兵一愣，「但、但是他——」

「沒啥好可是的，就這麼定了！有膽識又強的男人我最欣賞！」男子咧嘴笑著，將臂環塞給艾迪恩，「今晚跟我們到新據點去，我有重要的差事交給你！」

艾迪恩接下臂環，聽到新據點這個關鍵字時，與歐里弗交換個眼色。

第八章 真正的惡魔是──

因為被看重了實力，艾迪恩與歐里弗在「搗蛋黑貓」傭兵團老大——波頓的邀請下，目前正坐在馬車上，直往傭兵們自貴族手中搶到的新據點方向前去。

馬車往大陸的東南方邁進，此區域鄰近內陸，氣候越發乾燥。越往那方向走，窗外的景物也改變了，蓊鬱茂密的綠色樹林變得稀疏，景貌也變得土灰灰的。一望無際的湛藍天空下，平坦的地貌上偶爾有幾座佇立的鈍頭石山，上頭生有幾棵耐旱的綠樹，偶有黑鴉在上頭駐足。

掠過曠野的風捎來薰風，揚起塵沙飛揚。

兩人在同一個車廂內，艾迪恩坐在位置上打盹，而坐在他對面的歐里弗則靠在窗邊，望著窗外飛逝而過的風景，心裡頭其實非常掙扎。

喜的是，他們順利潛入了傭兵團，而且還如願到達玫雅可能被帶去的地方；憂的是，不曉得這萬惡的傭兵團頭目到底想要艾迪恩做什麼，如果說對方真要艾迪恩作奸犯科，他怎麼可能坐視不管！

但，憑一己之力恐怕很難幫艾迪恩脫身……

「家鄉的長輩啊，很抱歉，我這也是為了真愛，絕對不是要做什麼傷天害理的事情，請原諒我……」歐里弗誠心誠意的雙手合十，對著太陽懺悔，瞥見艾迪恩還在閉目養神，咕噥道：「虧你還睡得著……」

「我沒睡。」他突然回話，甚至還張開眼睛。

歐里弗愣了一下，「沒事幹嘛裝睡？」

「……」艾迪恩沒看他，「我在想，瑟爾不知道跑哪去了。」

畢竟兩人當初是為了找他和玫雅才出來，現在雖然已經知道玫雅可能在哪裡，但是他們可從來沒聽說過瑟爾的下落。照理來說，傭兵團他們若是逮到死對頭瑟爾，一定會大肆慶祝或喧囂之類的，但是完全沒有。

那就表示，瑟爾似乎沒到這邊來。

「該不會是迷路了吧……」歐里弗搖了搖頭，「畢竟是個大少爺，應該沒見過什麼世面……」

艾迪恩瞟他一眼。

「話說回來，這次去真的沒問題嗎？」歐里弗擔心的望著艾迪恩，想從他木訥的表情裡讀出一些情緒，「如果他要你做什麼像是殺人放火之類的事情，那怎麼辦？」

艾迪恩沒正面回應，「見機行事吧。」

「這怎麼行！如果你有前科，那我要怎麼把你帶回去見我的家鄉父老——」

「鬼才要跟你回去。」艾迪恩冷漠的打斷了歐里弗的妄想。

「怎麼這樣……」

在歐里弗抱頭哀鳴之時，馬車緩了下來，最終停下。

艾迪恩往窗外探頭，發現整支馬車隊伍在一座城市前方停下。

這座城市是位在兩座鈍頭岩山的隘口，城門口只有兩道門，而車隊最前方的傭兵正與守在城門口的人交涉。

但是他注意到，那些守衛們的右臂上綁著「搗蛋黑貓」傭兵團的臂章……不，就連城門高處也大剌剌的掛著「搗蛋黑貓」傭兵團的旗幟。而旁邊有成堆尚未丟棄的垃圾，裡頭包括幾張旗幟，看來這座城才剛被他們占領沒多久。

當然，這座城原本是屬於貴族的，但現在已經換人做主了。

城門駐守的衛兵們放行，馬車自大開的城門緩慢的踏入這座陌生城市。

兩人從馬車窗口往外望去，發現這座城市比起其他城鎮都還要小，從城鎮的入口處就隱約能看到另外一邊的出口。而且怪異的是，這座城市花花綠綠的，沒有看似民房的建築物，到處都是遊樂設施，還有可愛的吉祥物，充斥著與外面自然景觀格格不入的歡樂氣氛。

看起來就像是遊樂園一樣……不過冷清清的，沒有人。

「真是奇怪的地方……那種梯子這麼高又沒有路，到底誰會爬啊……」歐里弗看著那高聳入雲的梯子，最高處僅有一條繩索連接著左右兩方的鐵柱，他完全不明白這東西到底有何用處。

艾迪恩也沒有見識過遊樂園，但他並不討厭這裡的氛圍。比起死板板的教堂，他真心覺得這種花花綠綠的地方看起來和藹可親多了。

途經許多遊樂設施，馬車隊伍往城鎮西南方前進，目標是一棟雪白的豪華建築物。它單純的顏色在這座城市裡非常顯眼，雖然它規模不大，但外面圍了一圈精心布置的小花園，看起來還挺宜人的。

在庭院前方，馬車陸陸續續停了下來。

而歐里弗與艾迪恩兩個人所乘坐的車廂車門被打開了，一位傭兵恭敬的對兩人說：「目的地已經到了，波頓大人請兩位到大廳會面。」

「嗯。」艾迪恩跳下馬車，天不怕地不怕的走進白色宅邸。

而歐里弗小心的下了馬車後，好奇的左顧右盼，見其他人忙著卸貨之類的工作，他看見艾迪恩已經走進宅邸，只好趕緊跟上。

◆※◆※◎※◆※◆

當兩人走進大廳，老管家已經在門口等候。

「請跟我來。」老管家手擺向走廊拐彎處的右手邊，「主人已在大廳等候。」

兩人隨著老管家走，來到了宅邸大廳。

寬敞的大廳鋪著雪白的磁磚，又在上頭加了保暖的米黃色地毯，一整組奢華的紅色沙發就位在大廳左側，而對面的牆面上掛著幾幅意境優雅的圖畫。空氣中飄浮著淡淡香氣，是擱置在矮桌上以純金打造的小香爐中飄逸出來的。

而波頓兩臂搭在三人坐的大沙發上，對面坐著一位紅髮少女。

波頓見兩人到了，便咧嘴笑著揮手，「唷，來啦？找個位置坐吧。跟你們介紹一下，這就是我的未婚妻。」

兩人望向那少女，卻驚見，她正是失蹤的玫雅！

她換下那身華麗的洋裝，穿著比較居家一點的雪白色紡紗套裝，側邊紮著白色蝴蝶結。她垂頭喪氣的望著桌角，即使被提到即將結婚，卻一點喜悅之情也沒有。

艾迪恩猜想應該是惡魔離開，她也變回成正常人了。

「她——」歐里弗震驚得差點叫出聲，被艾迪恩一捏側腹，這才乖乖閉上嘴巴，眼角含著淚光。

「我們在這幾天就會結婚了，我平常有事離不開身，為了避免有人來搗亂，需要找人替我保護玫雅。」波頓看向艾迪恩與歐里弗，「雖然你們是菜鳥，還不懂規矩。反正就把所有接近玫雅的傢伙幹掉就對了，很簡單吧？」

歐里弗尷尬的笑了笑，望著玫雅，有點焦燥。

「嗯。」艾迪恩點頭。

「很好，那就先這樣了。最近老是有人說看到奇怪的東西在附近，我得去處理一下。」波頓看窗外一眼，確認指定的巡邏隊伍已經就定位，他靠向玫雅身邊說：「等會兒見，要想我喔。」

玫雅眼中閃過一絲厭惡，別過臉去，但並沒推開他的手。

「還這麼害羞啊，都要成為我的人了說。」但這個動作看在波頓眼裡卻是欲拒還迎，讓他投以寵溺的眼神。

「算了，那我先走啦。玫雅就交給你們了。你們最好拿命去保護她，若她有個三長兩短……你們不會想知道結果的。」

他拔出隨身攜帶的彎刀，露出一截鋒芒，再配上他陰冷的笑意，使歐里弗打個冷顫。但面對此一威脅，艾迪恩還是一如往常的淡定，畢竟對他來說，已經沒什麼人會比主教腹黑的笑容更陰險了。

「走吧，我家小公主可不喜歡一堆男人盯著她看，都到外面去守著。這裡只要有這兩人就夠了。」波頓對其他在場的傭兵命令道。

傭兵們接獲命令，恭敬的離開宅邸。當確定一切都安好如初，波頓再次對玫雅眨個眼，還不忘拋幾個飛吻，但是玫雅壓根兒不理他，不過他卻自我解釋成害羞，笑得更愉快了。

「對了，桌上的東西是給你的，收著吧。」波頓指了指桌上的箱子，對艾迪恩說完這句話之後，轉身離開。

關門聲傳來後，沒人開口的大廳靜悄悄的。

而玫雅根本連看兩人一眼都沒興趣，想到自己即將嫁給一個無禮的陌生人就悲傷不已，但是想尋死又沒那種勇氣……

「玫雅，還記得我們嗎？」雖然確定大廳裡已經沒有其他人在，歐里弗還是壓低聲音小聲的問玫雅，眼睛心虛的左右飄晃，「我們是來帶妳回去的！」

玫雅緩慢的抬頭，皺眉，「……我不認識你們。」

關於他們的記憶，玫雅一點也沒有。畢竟在那時候她的意識被控制，靈魂與記憶基本上是處於睡眠狀態，只有身體慣性的做著日常的瑣事，所以她根本不記得有這兩人存在過。

而且，她懷疑這兩人是波頓派來試探她的。

玫雅狐疑的瞇起眼睛，「你們到底想做什麼？打什麼骯髒的主意？」

「妳誤會了啦！我們真的是來幫妳的！對吧，你也說句話啊！」歐里弗一愣，連忙搖頭說道，說著還用手肘推了一下艾迪恩。

艾迪恩瞟他一眼，默默的挪動腳步離他遠一些。

玫雅好奇的望著艾迪恩這個年紀看起來跟自己差不多的清秀男孩，不解為何這樣瘦弱的男孩，並且如此像女孩子的他，是怎麼被那個以武力為尊的波頓選上。

「我們不是壞人。」艾迪恩走向玫雅，用他那雙宛如水晶般透澈的碧綠眼眸凝視著她。他對她伸出手，「我們會救妳出去。」

「欸……？」玫雅望著他的手，呆了一下。

因為艾迪恩的外表看起來瘦瘦弱弱的，非常秀氣，但是那堅毅的眼神，還有說出口的話，卻充滿了魄力。

「玫雅？」歐里弗出聲叫喚。

玫雅發覺自己居然看一個陌生男子看得發呆，不禁臉紅，慌忙的避開視線，緊張的說：「不可能的，這裡的人那麼多，根本不可能逃出去……而且每個人這麼凶惡，如果被抓到……」

「不足為懼。」艾迪恩淡淡的說著，「全揍飛就是了。」

這句話若是聽在不認識他的人耳裡，是相當的囂張、自以為是；而玫雅聽進耳裡，一開始也覺得荒謬，但是發現艾迪恩的表情一點都不像是開玩笑……那酷酷的模樣使玫雅內心小鹿亂撞。

「不行啦！如果只是趕走惡徒就算了，可是根據以往的經驗，你都會順便拆了房子啊！」歐里弗早就見證過太多悲劇，趕緊投反對票，「這不是貴族的領地嗎？如果毀了會被盯上吧……更何況這座城旁邊是兩座山，如果垮了……」

艾迪恩只是單純覺得歐里弗很囉唆而已。

「嗯……大家不知道什麼時候才會來救我……會不會捨棄我了……」玫雅想起家鄉熟悉的一切，就紅了眼眶，「我不想嫁給那個人……我不要……」聲音哽咽起來，雙手揪著雪白的裙襬。

歐里弗聽她啜泣，也跟著難過起來，「玫雅……」

大廳內的氣氛突然變得沉重。

「妳家人沒放棄，還在找妳。」

「……？」玟雅淚眼婆娑的望著艾迪恩。

艾迪恩一臉正經，「那個人雖下落不明，但要找到屍體才能確定妳被捨棄……」

「——啊哈、哈哈哈！」歐里弗越聽越不對勁，趕緊用更大的聲音蓋過艾迪恩的話，順勢擋住艾迪恩，笑嘻嘻的問：「話說回來，如果要逃走的話，妳有沒有想過有什麼好方法呢？」

被擋在後面的艾迪恩狠狠的瞪歐里弗一眼。

玟雅垂下眼簾，表情憂傷，「如果知道的話就不會在這了……而且我來到這邊沒多久……不過他們每天晚上都有固定的時間開會，那時段應該是守備最稀疏的時候了，但我通常會被鎖進很多人看守的房間……」

「就是這個！」歐里弗興奮大叫，使玟雅一愣，「我們就等到那時候再偷偷溜出去就行了嘛！」

玟雅緊張的握緊柔軟的掌心，「可是……他們人真的很多……我沒看過晚上時外面的情況，沒有把握……」

「安啦安啦！」歐里弗伸手一把將艾迪恩撈過來，「有我家寶貝在，如果真的被發現，也一定能輕鬆的把他們解決掉啦！」

「寶貝？」玫雅錯愕的眨眨眼。

「對啊，等事情結束，我要帶他回去公證結婚——噢！」

艾迪恩瞟了一眼抱著肚子哀號的歐里弗，「別聽他胡說八道。」

「呵呵……也是呢，像您這樣秀氣的男孩子怎麼可能打得贏那些惡棍呢？」玫雅刻意忽略歐里弗對他的曖昧稱呼，有點尷尬的笑著。不過，她同時也震驚艾迪恩居然會真的出手打人，而且歐里弗還很痛的樣子……

聽到「秀氣」這兩個字，艾迪恩挑眉。

「話說……波頓給你的那東西是啥啊？」歐里弗痛得跌坐在沙發上，看著那精緻的銀色方形箱子發呆。

艾迪恩與玫雅這才看向擱置在桌上的箱子。

好奇之下，艾迪恩將箱子打開。

只見純銀打造的箱子裡面墊著紅色絨布，而一把純銀打造的流星錘就躺在裡頭。這把武器僅有握把處是較好握的皮製材質，其餘部分皆是純銀。

金屬映著三人的表情，閃閃發亮。

「好酷……」歐里弗不禁讚嘆。

艾迪恩將新的流星錘握在手中，試著揮舞幾下，發現這把武器比他想像中還要輕巧易使，似乎是用了更高級的金屬去製作，相信破壞力也更上一層樓。

玫雅一開始也被那精緻的武器深深吸引，但過了一秒，回過神，眨了眨眼，困惑的說：「等等，你配戴著十字架，還穿著這素色長袍……你應該是牧師吧？一般來說牧師不都是拿聖經……」

「聖經只是裝飾用，這東西我才拿得順手。」艾迪恩滿意的將流星錘放在腰帶旁卡著，四處走動的時候也不會礙事。

「欸？」玫雅愣了愣。

「他不是妳想像的那種普通牧師……這有點難解釋……」歐里弗抹臉，「但總不能當場試刀……」

拿到新武器的艾迪恩心情大好，一聽到試刀這個關鍵字，「這有啥問題？」想都沒想就抽出新流星錘上手，看準了離他最近的純木打造的咖啡色書架。

歐里弗一愣，「等、等等——」

「喀啦喀啦！」

在他阻止之前，艾迪恩早已經將流星錘招呼過去。

只聽見嘈雜的木頭碎裂聲響起，在木屑四處爆散之中，玫雅與歐里弗表情一陣錯愕，整棟建築物也隨即發出轟轟悶響。當一切過去，旁邊的書架已經毀壞到能看出原形，甚至還在牆壁上留下明顯的龜裂痕跡。

艾迪恩看著牆上的裂痕，「……我已經收力了。」

歐里弗再次抹臉，「完蛋了……該不會又要賠了……」但突然想到玫雅，他慌張的望向她那方，「抱歉！應該沒嚇壞妳？」，他只是——」

沒想到一旁的玫雅自震驚中清醒之後，竟然雙眼閃亮的望著艾迪恩。別說被嚇到了，她的眼神中充滿著崇敬，臉頰甚至微微泛紅，「好帥……」

「欸？」歐里弗愕然。

而艾迪恩本人則是滿頭問號。

◆※◆※◎※◆※◆

雖然剛剛的事件引起不小的關注，但因為艾迪恩是波頓親自相中的人，其實也沒有人敢拿他怎樣。再加上當這群暴力至上的人見識到他的力量之後，對他外表的輕視瞬間不存在，取而代之的是崇敬目光跟隨著他。

但這情況卻使艾迪恩覺得有點煩，只好刻意迴避人群。

艾迪恩走在長長的廊道上，右方的陽光斜射，在白石磚上拖曳著他的影子。艾迪恩正要回去大廳與歐里弗會合，在走廊上恰好碰上雙手搭在拱門式矮牆，抬頭眺望著遠方天色的玫雅。

此時天色已經轉為昏暗，柔和的夕陽光芒映在她飄揚的紅色髮絲上，彷彿精靈撒下了一層金粉，在色彩的映襯下，她看起來更為動人。但她愁容不展，鬱鬱寡歡的嘆了口氣。

「怎麼在這？」艾迪恩出聲。

聽見他的聲音，玫雅回頭。

見是艾迪恩，她憂鬱的搖搖頭，嘴角牽起一抹微弱的笑意。

「因為有點悶……所以出來逛逛。」玫雅垂下眼簾，眼眶微微泛紅，「真的有人會來救我嗎……真的逃得出去嗎？我會不會永遠被困在這裡……嗚……」

「……發生了什麼事？」

玫雅擦去眼角淚光，「剛才……那個無賴說婚禮就在明天晚上……」

「明天？」艾迪恩睜大眼睛，他並沒想到波頓這麼快就決定了婚期。

但不管怎樣，如果玫雅真的嫁給波頓，這對瑟爾來說絕對是個噩耗。既然要站在貴族那邊，這種事情當然要盡可能的阻止才行。

玫雅想到之後要和這群又髒又不懂禮節的臭男人生活，悲從中來紅了眼眶。她雙手掩面，壓抑著不要哭出聲來，眼淚無聲的自指縫間滑落，「我不想……嗚嗚……」

「今晚就行動。」

「……？」玫雅淚眼茫茫的望向他。

只見夕陽餘暉在艾迪恩金色髮絲上閃耀，而表情木訥的他，一雙眼睛專注的望著玫雅。在玫雅眼裡看來，艾迪恩就像是穿戴著戰袍，恭敬的在自己面前卑躬屈膝的神聖騎士，右手覆蓋在左胸前。

艾迪恩凝視著她，「今晚，我帶妳逃離這裡。」

那誠摯的眼神使玫雅怦然心動，臉頰浮現緋紅。

一個才初識不到半天的男人，居然會願意為了自己冒如此大的風險，就是要將自己從這罪惡深淵之中拯救出來。如此英勇的行為，如果不是對自己有更深刻的情感，怎麼可能做到？

「我身邊從來沒有像你這樣英勇又強壯的男士……」她羞澀的移開視線，纖白的指尖按壓著掌心，「你……你是來拯救我的騎士嗎？我一直在等待你的出現……這一定是命中注定……」

「？」艾迪恩自然不明白她指的是什麼意思。

「如果我們結婚的話，要生幾個孩子呢？又要取什麼名字好呢……啊，不對，現在應該有更重要的事情……」玫雅深吸一口氣，穩定下雀躍的情緒。她乾咳一聲，伸出右手，手背朝上，「但願忠誠之吻，能帶領我們走向明天。」

艾迪恩困惑的望著她那停在自己面前的右手，玫雅索性直接將手背靠過去，輕觸了艾迪恩柔軟而溫暖的脣瓣。

斜射的落日餘暉撒在兩人身上，彷彿時間就此駐足。

玫雅護著留有初戀印記的右手，當她深信兩人是相愛的時候，情緒激動的衝上前去，將艾迪恩緊緊抱在懷中，興奮歡呼：「我的騎士大人！今晚，我們私奔吧！」

聽到私奔這詞，快要被勒到沒氣的艾迪恩挑眉。

——嗯？好像哪裡怪怪的？

「你、你們兩個！」

「呀！」

走廊另一邊傳來波頓氣急敗壞的怒吼聲，玫雅一驚，這才趕緊鬆開抱著的艾迪恩。兩人回頭，果然看見波頓就站在後方走廊，氣得臉色都發青了，而跟隨在後的除了兩名傭兵之外，歐里弗也在場。

歐里弗淚眼汪汪的望著艾迪恩，「寶貝……你竟然背著我偷吃……」

「？」艾迪恩攢眉。

「該死的傢伙……我可是找你當護衛，現在竟然騎到老子頭上來了！」波頓臉上一陣青一陣紫，渾身都在顫抖，「竟然膽敢勾引我的未婚妻……」

「誰是你的未婚妻呀！那是你擅自決定的！」玫雅挽著艾迪恩的右手臂，瞪大眼睛，大聲說道：「我愛的只有他一個人，而且我們逃出去之後馬上就要結婚，過著幸福快樂的日子——」

歐里弗捧著胸口，幾乎要吐血，「那我怎麼辦啊！嗚嗚！」

不了解到底為何事情會演變到這種狀況，艾迪恩仍舊滿頭問號。

「該死……該死……」波頓看玫雅竟然這樣摟著一個男人，醋勁大發的他惱羞成怒，咬著的那根草都被咬斷了，「給我宰了這臭小子！所有人給我上！」

「是！」

傭兵吹響了號角，另一人則朝天空發射一枚紅色信號彈。嗡的渾厚聲音傳達到整座城鎮的每個角落。聽到這象徵出征命令的聲響，所有人拋下手邊的工作，抬頭望向天空炸開的不規則記號，舉戈趕去。

自高處望去，即將入夜的馬戲團園區突然熱鬧起來，小小的人類影子穿梭其中，一窩蜂的往白色宅邸聚集而去。

艾迪恩看到這些如同魍魎的身影自樓下迴廊繞過，終於意識到危機逼近。而玫雅雙手捧在胸口，害怕的四處張望，但還不忘記要躲在艾迪恩身後。

眼角掠過一抹寒光，艾迪恩下意識的側身閃過，原來是惱怒的波頓揮著匕首招呼過來。他咬緊牙根，冷酷的眼神閃過一抹寒光，殺人無數的匕首透著隱約的暗紅色。

「你休想活著離開這！」

艾迪恩抽出掛在腰間的銀色流星錘，備戰。

「站住！」

「逮住他！」

追兵三兩下就趕來了，將走廊前後兩邊都堵住，還不斷的蜂擁而至。

眼看後方的追兵即將趕到，艾迪恩揮舞流星錘一舉將後方的走廊轟的一聲砸斷，斷層使他們嚇得腿軟，不敢越雷池一步，碎石仍從斷口處墜落。

「去死！」

波頓朝艾迪恩的頸部揮下匕首，艾迪恩早一步發覺且一腳踹開他手上的武器，但飛過的刀鋒卻險些劃過玫雅的臉頰，嚇得她花容失色。

若要確保玫雅的安全，就不能戰鬥，艾迪恩抓住玫雅的手腕，帶著她避開了波頓射來的幾枚飛鏢，但走廊另一端擠來了更多的傭兵，而且還有更多人朝著這邊逼近。

看樣子只能撤退了。

歐里弗還在哀號：「嗚嗚、我的寶貝──」

「走！」艾迪恩收起武器，一腳踹開波頓，隨即衝上前去用另一手抓住歐里弗，在傭兵們一擁而上的幾毫秒，他果斷的朝窗外──距離地面至少十幾公尺的地方──一躍而下。

「哇啊！」這瘋狂的舉動使傭兵們一驚。

「呀啊啊啊──」

玫雅嚇得緊緊摟住艾迪恩的頸子，雙眼完全不敢張開，火紅的長髮如火焰般在風中舞動著，雪白的衣裙瘋狂拍打著。而歐里弗反應慢半拍，還沉浸在被拋棄的情緒之中，完全沒發覺自己正在墜樓。

而空出一手的艾迪恩眼看距離地面不到數公尺了，抽出流星錘，看準了落點就是使勁一揮。

「轟隆隆隆！」

只見白色洋宅花圃旁的地面宛如豆腐那樣輕易被砸個粉碎，而三人也因為這往上氣流的力道而減緩了墜落速度，接著艾迪恩收起武器，護著兩人平安著地。

不過，地面凹了個大坑，而且白淨的宅邸牆面也出現蜿蜒的大型裂縫，地基狠狠的傾斜一邊，而在上頭瞠目結舌的傭兵們有好幾個沒站穩還差點墜樓。

就連追來的傭兵們看到這景象也傻住，戛然止步。

「走！」艾迪恩盯著斜坡那方的遊樂園出口，拉著其他兩人直奔而去。

眼看三人就要逃走，被剛才那驚人之舉震懾的波頓這才清醒，氣極敗壞對著傭兵大吼大叫：「快給我追！逃了我就砍了你們的頭！」說完，他一個翻身自窗緣跳下，俐落的靠著一些支撐物輕巧著地，立刻追去。

「是、是！」

傭兵們急急忙忙往其他方向下樓，而還未爬上宅邸的傭兵們則是轉頭，卯足全勁追向逃走的三人。

◆※◆※◎※◆※◆

因為傭兵們絕大部分都被召去開會，逃亡中的三人在沿途幾乎沒遇到阻礙，才沒幾分鐘的工夫，眼看就要奔向隘口。

「寶貝、你為什麼要變心？難道是我對你不夠好嗎？我求求你回來——我不能沒有你啊啊啊！」歐里弗一把鼻涕一把眼淚的纏了上來。

「滾！」艾迪恩嫌他噁心，將他的臉推開，但他的雙手像八爪章魚一樣纏著他不放——因為多次被踹開，歐里弗已經練成這種驚人的糾纏功夫。

「不准你叫人家的騎士大人這種齷齪的稱呼！」玫雅挽著艾迪恩另外一隻手臂，隔著他對歐里弗大眼瞪小眼，「他是人家的，不准你打他的主意！明明是男的……」

歐里弗醋勁來了，「愛是不分性別的！」

「變態、走開！」

「妳才放手！」

三人的腳步沒有停歇，艾迪恩被夾在中間，被這兩人大吼的聲音震得心煩，「閉嘴！」他雙手一甩，將兩人的手甩開，「離我三步以上，不然乾脆把你們留在這！」

「騎士大人——」

「寶貝——」

一男一女淚眼矇矓的望著艾迪恩。

沒想到現在變態居然增加到兩人了，艾迪恩一陣無言，不理會他們的呼喚，拔腿朝著隘口處狂奔。

「都是你啦！」

「是妳！」

兩人見艾迪恩不予理會，互瞪了一眼，你推我擠的朝著艾迪恩離去方向追去，沿途還爭吵不休，似乎壓根兒忘記了現在是怎樣危急的狀況。

三人抵達兩山所夾的隘口。

太陽幾乎要隱沒在地平線的那端，天空轉變成漸層的藍黑色，入夜的風穿過隘口揚起些許塵埃，掠過殘缺新月。

「太好了！終於找到妳了！」

就在三人欲逃往廣闊的岩漠，隘口旁邊卻突然傳來一道熟悉的男聲。

三人回頭，只見在暗淡的夜色中，有個人緩步朝這方向前來。當距離更近些，艾迪恩馬上就認了出來，這人正是為了去找玫雅而失蹤好幾天的瑟爾侯爵！

歐里弗一愣，拍拍胸口，「瑟爾？太好了，還在擔心找不到你了！哈、哈啾！」

突然打了個噴嚏，他揉揉鼻子，「該不會我也對塵埃過敏吧……」

但瑟爾眼裡除了玫雅之外，誰也看不到。他表情欣喜的走上前來，掠過歐里弗，牽起玫雅的手，關心的問道：「有沒有受傷？妳知不知道我好擔心妳，怕妳受委屈，好一陣子都吃不下飯……」

這本該是溫馨感人的重逢畫面，但是玫雅望著這男子卻滿臉困惑。

「……你是誰？」玫雅收回手，眼中帶著疑懼。

瑟爾溫柔的凝視著她，「在說什麼呢？我是妳的哥哥呀……」

玫雅嘴唇微微發顫，「可是……我哥哥早在五年前就死了……」

「什麼！」艾迪恩與歐里弗一驚。

三人望著將溫柔笑容掛在嘴邊的瑟爾。

「啊……這樣啊……原來我早在五年前就死了啊……」

瑟爾低頭望著自己的掌心，有一股黑色的能量在他身上迴旋，能量滑過之處全都現出了原形，手指、耳朵、眼睛、頭髮、牙齒……

他搖身一變，竟成了惡魔的模樣！一頭漆黑色的長髮紊亂的披在肩上，眼瞳化為銳利的金色，臉頰攀附著不規則的黑色條紋，一雙手的指甲又長又尖，臉上帶著愉悅的笑容……

「我就是我啊，玫雅……難道妳不認得我了？我們不是約好要永遠在一起嗎？」

這小時候的約定，玫雅自然記得。

只是眼前這個人，她很明顯的感覺到並不是那個慈藹溫柔的哥哥。當她看見那隻又尖又長的手，腦海裡的記憶湧現而出，恐懼萬分的她退開好幾步，「你就是附身在父親身上的惡魔！沒錯！那天我為了阻止你，被施了奇怪的法術……」

歐里弗傻眼了，「什麼？原來是你把玫雅變成那樣的？」

「我親愛的玫雅……父親他不允許我們之間的愛，我只好想辦法讓他點頭了呀，我也很無奈呢……」瑟爾根本不理會歐里弗，深情款款的望著玫雅，「為了造成是他人殺了城主的假象，我可是費盡千辛萬苦布局……甚至還留了活人好博取信任，誰知道那該死的傭兵竟然綁架了妳……控制那老頭還有魔女使我耗費大量的力氣，請原諒我的遲來……」

玫雅望著他那猙獰的樣貌，渾身瑟瑟發抖，「不、不要過來……」

一道身影掠過兩人之間，銀色的影揮過，瑟爾不得不退開一步。原來是艾迪恩握著流星錘，就站在玫雅前方，一雙怒目注視著瑟爾。

「你竟敢要我？」艾迪恩的聲音猶如寒冰般冷冽。

瑟爾面對艾迪恩沒有一絲畏懼的神色，「哎呀，艾迪恩，真是抱歉，畢竟這本來就是計畫的一環啊……」

「……你之前說的都是謊言？」

「你居然相信這種事情啊？呵呵——呵呵——」瑟爾覺得有趣的拉高聲音哈哈大笑了起來，「像你這種暴力的怪物，本來就不像人類，既然如此，那又怎麼能相信會有人類知道你真面目之後，還想邀請你呢？」

這一句句諷刺的話扎進艾迪恩的心頭肉，嘲笑的聲音使他陷入低潮。

其實早在他被趕出來之時，他就明白了這個道理，但是他仍然想找出能接納真正的自己的地方。不管是哪個地方，他都已經試著努力去接近了，可是哪一次不是被人驅趕落幕？

他原以為自己不會受到言語所影響，但是這番話簡直就是在他的傷口灑鹽！

艾迪恩既惱怒又悲傷，對人類的善變感到無奈。

「你怎能這麼說我家寶貝！」歐里弗摟過艾迪恩的肩膀，「告訴你！不管他有多暴力、多不近人情、多小心眼，我會永遠對他不離不棄！」

艾迪恩微微張大眼睛，望著歐里弗一臉凜然的側臉。

「所以你什麼時候要嫁給我？」歐里弗笑嘻嘻的低下頭問。

艾迪恩怒踩他的腳再扭一圈，他痛得放手。

「在那裡！」

「快追啊啊！」

城鎮那方，雜亂無章的腳步聲伴著喧囂逼近隘口，原來是傭兵們總算追來了。他們看見目標就在隘口，似乎想要逃走，更是卯足全勁追去，而盛怒中的波頓在前頭帶領這群人，一副殺人不眨眼的凶狠模樣。

玫雅嚇得躲在艾迪恩身後，眼前淚花花的。

「看來你還真是受歡迎呢！連我都羨慕了。」看著艾迪恩，瑟爾不禁笑了，「那些可惡的傢伙來得正好……敢做出奪走領地還有帶走玫雅的事情，想必是做出覺悟了吧？出來吧我的軍團！」

當瑟爾輕彈食指，那些潛藏在附近的惡魔與魔女們紛紛現身。只見藏匿在城鎮附近陰影處，竄出一隻隻長相怪異的小型惡魔侍衛；隘口附近的土地浮現數十個黑色的魔法陣，從中走出了幾個人形惡魔；而天空盤旋的影子掠過，騎著掃帚嘻笑的數名魔女也加入陣仗。

「這、這是？」

附近一下子多了那麼多可怕的東西，笑嘻嘻的全都盯著他們，歐里弗與玫雅嚇得左顧右盼。

不過剛才瑟爾的那番話使艾迪恩耿耿於懷，對於這些暗生物出現他則毫無反應。那些傭兵們叫囂的聲音使他思緒陷入混沌。

——為什麼這麼努力想要別人的認同，卻還是落到這種下場？難道不管到哪裡都沒有我的容身之處？

——我到底做錯了什麼？只不過想找個適合自己的地方……

就在此時，艾迪恩看見已經在四處開始搞破壞、大聲奸笑的惡魔們。

他突然明白了一件事情……

在殺紅眼的波頓一行人衝向隘口，即將與惡魔們正面交鋒之時，艾迪恩以飛快的速度奔馳而去，揮舞著流星錘，狠狠的砸向傭兵團那方。地面瞬間爆裂出一道猙獰的裂口，波頓與其他前鋒們嚇得跌坐在地上。

「寶、寶貝？」歐里弗愣愣的望著他。

艾迪恩表情冷漠的說：「……看來我不屬於人類這邊。」接著，他站到惡魔軍團的前方，並將流星錘扛在肩膀上，冷眼盯向那群嚇破膽的傭兵們，「覺悟吧。」

「什麼？」

在場所有人都嚇傻了眼。

「呵，明智之舉。」瑟爾走到他身邊，彎起嘴角一笑。

艾迪恩連看都沒看他一眼，「我這次是為了自己，可不是為了你。」

「等、等等等——這我絕對不同意啊！」歐里弗嚇得趕緊衝到艾迪恩前面，緊張的抓著他肩膀，「再怎麼樣也不能加入惡魔那邊吧！這很明顯是不對的啊！況且你是牧師、是神聖的那方不是嗎！」

「不要隨便碰他！」玫雅吃味的一把推開歐里弗，雙手交握置在下巴前，懇求的望著艾迪恩，「不管怎樣，我相信您一定不會拋下我的對吧？」

艾迪恩看了一眼玫雅，「……跟好。」

雖然他倒戈向惡魔那方，但並不表示他打算將玫雅交給瑟爾。

歐里弗眼睛閃亮的靠過來，「那我也——」卻慘遭艾迪恩毫不留情的飛踢。他跌坐在地上，活像深宮怨婦那樣抬頭望著他，「為、為什麼？這是差別待遇啊！」他瞪了一眼在旁掩嘴偷笑的玫雅。

艾迪恩不想多搭理歐里弗，挑釁似的將流星錘指向波頓那方，「把地盤讓出來，然後滾。」

玫雅著迷的望著他的側臉，眼中是滿滿少女情懷。

雖然玫雅如此的反應使得瑟爾有點吃味，但現在是奪下這座城的最佳時機，況且有艾迪恩在，簡直如虎添翼，他就暫且忍下來了。

「你……你這傢伙竟敢背叛我……」波頓臉色鐵青，從地上爬起來，氣得咬牙切齒，「兄弟們！給他們顏色瞧瞧！」

但是幾秒過去，仍然靜悄悄一片，他回頭，這才驚覺後頭的人不知何時早已跑得一個都不剩。

畢竟面對著惡魔與魔女軍團，現在又多了一個強得不像人的艾迪恩，嚇都嚇死人了，怎麼可能還有心情顧及命令，自然是逃命要緊。

「呵呵，人呢？」瑟爾不禁笑了。

「這、這——」波頓左右張望，確實有看到幾個人躲在不遠處探頭探腦著，但最前線就只剩他自己一人。他暗暗的罵了一聲沒義氣的傢伙。他雖不捨玫雅，但大敵當前，還是保命為先，「你們給我記著！下次絕對讓你們吃不完兜著走！」

說完，他一溜煙的消失在視野之中。

「哈哈哈哈——」

「這人類真愚蠢！」

他落荒而逃的模樣使惡魔與魔女們看得哈哈大笑，有的誇張點，居然還在地上打滾，笑得眼淚都噴出來了。

雖然少了一個威脅，歐里弗是悄悄的鬆了口氣，但是現在艾迪恩居然要加入這群非人的怪物團體……這實在太難以接受了。而且鼻子癢得要命，他默默的夾了好幾個夾子在鼻子上，還披了件外套。

「現在整座樂園都是我們的了，隨你們喜歡去玩吧！」瑟爾不僅奪回玫雅，現在又多了兩個夥伴，再來又輕鬆大勝，心情大好，「玩個透澈，再找回那該死的混混折磨一頓，好讓他永遠活在噩夢之中！」

「嘻嘻——」

「歐耶！」

惡魔與魔女們一聽可以恣意玩耍，興奮的一哄而散。

只見原本冷清清的馬戲團遊樂園，瞬間熱鬧起來。魔女們騎著掃帚在遊樂園的天空與設施之間追逐嬉鬧；惡魔們踩著人類骷髏，滑過架在高空中的鋼索，卻被嬉鬧的夥伴們一腳踢下；較殘暴的惡魔則是追著躲藏在四處的傭兵們為樂，到處傳來尖叫與嘻笑的聲音。

然而，為數不少的惡魔們只懂得破壞。他們使出黑魔法，或者是直接以武力在遊樂園四處破壞、燃起燐火，甚至炸掉了幾座高樓。歡樂的遊樂園瞬間成了煉獄，而惡魔與魔女們則在破壞聲響中，殘酷的哈哈大笑。

玫雅躲在艾迪恩身邊，看著眼前這宛如煉獄般的景色，嘴唇都白了。

而艾迪恩沉默不語的凝視著他們四處撒野。原本他還堅信他們應該是自己最後能選擇的夥伴了，但現在怎麼看都覺得哪裡不對勁？

「寶貝。」

艾迪恩回頭，是歐里弗難得嚴肅的臉。

「這真的是你希望的嗎？……他們會是你希望的夥伴嗎？」歐里弗望著艾迪恩，希望他能多少聽進一些，「雖然事情的結果往往不和你所想的一樣順利，但你也不能自甘墮落啊！」

艾迪恩撇過頭去，心情煩躁的他根本不想聽人說教。

「寶貝……」歐里弗難過得不知該說什麼才好。

瑟爾走向三人，而玫雅看他靠近，下意識的又躲到艾迪恩身後去，小心翼翼的緊盯著他靠近。

瑟爾仍有點在意的看她一眼，轉而笑著對歐里弗說：「他已經是我們這邊的人了，若你這樣擅自對他洗腦，我會很困擾的啊……如果你不加入我們這方，那就麻煩你離開，否則，我可就不客氣了。」

說著，他右手掌心凝聚出死黑的魔力光暈，臉上浮現陰險的微笑。

感到威脅，歐里弗再次望向艾迪恩，但艾迪恩仍然無動於衷。

「我知道了……」歐里弗緊握拳頭，「只要是為了和寶貝在一起……我願意捨棄一切。我加入！」

瑟爾勾起一抹微笑，解除魔法，並將右手伸向歐里弗，「請多多指教。」觸碰到他比冰還要寒冷的手，一陣冷冽自歐里弗的腳底湧上頭皮，因為實在太恐怖了，他只握了兩秒就鬆開了手。

但他卻感覺手心有東西觸碰著，低頭一看，發覺竟然有個金色的小墜飾留在自己掌心之中。他愣愣的抬頭，「這是？」

「友情的證明。」瑟爾微笑，將那枚墜飾夾在歐里弗的右耳殼上，「或許先前有點誤會，希望這小東西能代表我們彼此間的信任。從今天起，歡迎墜入魔道之中……當你死後，我會把你納入軍階裡。」

歐里弗受寵若驚的望著他，但是想到要收惡魔的禮物還是怪怪的，「謝……」不過他還是道謝了。他伸手觸碰那飾物，從來不戴任何飾品，現在讓他有點不習慣。

「不會，若有任何動靜，就會來找你了。」瑟爾點頭，接著望向玫雅，眼中難掩愛意，「請原諒我剛才太過心急，我給妳點時間好好想想……」說完，他轉身離開。

當確定瑟爾走遠，玫雅這才鬆了口氣。

她回頭看到那些惡魔四處肆虐，不禁嚇得渾身發汗，但卻見艾迪恩無動於衷，而歐里弗也繃著臉，刻意忽略那些令人煩躁的破壞聲響。她輕輕拉扯艾迪恩的衣袖，問他：「真的……要加入他們嗎？真的沒問題嗎……我不喜歡他……他不是我哥哥，我哥哥才不會是那種殺人不眨眼的惡魔……」

遺憾的是，艾迪恩仍保持緘默。

雖然瑟爾為了友好而贈與自己東西，但歐里弗並未因此被收買。他想事情還未定局，在惡魔們舉兵侵略之前，要回頭都還有機會。

「寶貝，你聽我說。」歐里弗雙手抓著艾迪恩的肩膀，專注的凝視著他，「你想想看，瑟爾他真的適合當夥伴嗎？當初他這樣利用我們，還打算讓我們揹黑鍋……更何況如果你投靠他們，玫雅不就等於落入他們手裡？」

玫雅嚇得摀住嘴巴，「我、我才不要！」

「而且，成為他們那邊的人，搞不好以後都要作奸犯科……」

「不、不要！」

「這樣若傳回我的家鄉，我要怎麼抬頭做人啊！」

「不……」玫雅愣了一下，瞪了他一眼，「那關我什麼事？」

「……別再說了。」艾迪恩不想再多談這些，對於自己的歸屬這件事情，他早已心灰意冷，「總而言之，我已經沒有退路。你們要走就走吧，我會留下來。」說完，他默默的走開了。

玫雅與歐里弗交換個鬱悶的眼神，望著艾迪恩的身影消失在他處。

第九章

墮入異途的聖職者

艾迪恩獨自徐行在惡魔們猖狂的喧囂與建築物被撕扯的破碎聲響中。

回憶起孩提時期，那模糊的記憶。在他有記憶的時候，就是被收留在教會的孤兒院裡。因為討厭孤獨，他嘗試著與人交往，雖然他的外表給人很好親近的印象，但是每每到最後，他不自覺使出的蠻力總是會毀了一切。

有次為了幫朋友推開飛來的球，卻不小心將半個教室砸了，這件事情雖然沒有造成人員傷亡，但卻留給孩子們與園區裡的大人們恐懼的印象。

自從那天起，再也沒有人願意留在他身邊了。如果說是霸凌，那或許好一點，至少有人來找麻煩，還不至於無聊，但最恐怖的莫過於視他如空氣……不，也許該說是恐懼他的存在而刻意忽略他，那掩藏不住的驚恐視線，才是最令他受傷的。

大人們恐懼於他的力量，多次找理由將他轉院，但最多是收留個幾天，艾迪恩又會像顆球一樣被踢回來……

——或許，在嬰孩時期，就已經注定了被拋棄的命運吧。

但這句話自艾迪恩心底湧上來的時候，他卻也感到一陣冷冽。

「嘿，艾迪恩先生。」

瑟爾的聲音使艾迪恩回過神，並抬頭望向他。

「怎麼，在想事情嗎？剛剛叫了你幾聲都沒有回應呢。」瑟爾友好的拍拍他的肩膀，嘴角勾起邪魅的笑容，「現在開始我們是同一陣線的夥伴了，如果有任何讓你不開心的事情都說出來，我們會替你解決。」

艾迪恩搖頭。

「這麼客氣啊……沒關係，以後有的是時間，隨時等你敞開心防。」

「嗯。」

「話說回來……你那位朋友似乎不太願意讓你加入啊，或許他是有自己的想法沒錯，但我這次可是誠心誠意的邀請你喔。」瑟爾眼中浮現深不可測的笑意，「你也很希望擁有真正接納自己的歸宿吧？我們這裡很適合你……不過或許還要點時間去適應這些新夥伴就是了。」

聽到他願意接納真實的自己，艾迪恩抬頭望向瑟爾，點了點頭。

瑟爾愉快的笑了，「那，就算我們達成共識了。」

艾迪恩毫不猶豫的握上了惡魔的手，將自己的信任賭上了。

「嘎——嘎——」一隻如氣球般腫脹的綠色蝙蝠發出刺耳尖叫聲，自入夜的天空盤旋而下。牠是通風報信的惡魔，雖然看起來外型不太具有威脅性，但飛行速度卻意外非常快，而且眼力特好，可以看到方圓數百里的事物。

瑟爾與艾迪恩注意到牠的存在，看著牠笨拙的降落在地上。

「瑟爾大人！有人類軍團正在往這座城靠近！」

瑟爾不以為意，「嗯？不就是那些烏合之眾？」

「不是的！雖然也是屬於人類的集團，但隸屬的對象應該是皇族！就是那支銀白色鎧甲的神聖十字軍團，之前還曾經擊退了薩希爾公爵率領的惡魔軍隊！」

瑟爾一聽，表情大變，「莫非是奪走此處領地的秘密走漏……」

薩希爾公爵的地位在暗界來說是頗高位階的人，也非常具有聲望，他那支軍隊雖然是新成立不久的隊伍，但是也拿下不少功績，卻因為一次屠城事件遭神聖十字軍團撻伐，在這支訓練有素的軍隊輾壓下，惡魔軍潰不成軍，而薩希爾公爵也在那次事件慘死。之後只要聽聞神聖十字軍團的名號，暗界的生物都會害怕。

「不僅這樣！」綠蝙蝠振翅，以爪指向某個方向，表情變得緊張起來，「還有其他兵屬的人類聚集過來……那旗幟……是另外兩支貴族軍隊還有民兵！」

瑟爾也開始感到棘手了，「連那些人都來了？」

雖然不清楚是怎麼回事，可是現在情況似乎越來越不利惡魔軍了。艾迪恩即便明白這點，但是他也沒有退路可以走，只能走一步算一步。

「是的，那兩支貴族軍隊的旗幟似乎是曾經與您同盟的……至於民兵，可能是之前城市裡活不下來的窮人所組成。也許就是他們向神聖十字軍團告密！事情不妙啊，我們是否該撤退？」

綠色蝙蝠急得鼓脹身軀，發出尖銳的叫聲。

「不，絕不能讓此地被奪！」瑟爾瞇起眼睛，眼中浮現殺氣，「這是我將送給玫雅的地獄樂園，象徵我對她永恆的愛，絕不能拱手讓人！」

「這……」綠蝙蝠知道主人只要牽扯到玫雅的事情就會變得不講理，但這次的事情若沒處理好，很可能會連累所有人一起陪葬。無奈上下階級的關係，勸說的話牠怎麼樣也說不出口。

「更何況，我們手上還有一張王牌。」瑟爾說著，望向艾迪恩。

艾迪恩挑眉。

「神聖十字軍團之所以能如此跋扈，主要在於他們身上昂貴的裝備附有神聖屬性加持，那確實是對我們具有強大傷害力沒錯……但，他可不在那範疇內啊！」

聽了這一番解釋，綠蝙蝠望向艾迪恩，原本絕望的眼中浮現光芒，「是啊！」

「只要讓艾迪恩先生先去前鋒打擊他們士氣，從沒吃過敗仗的他們絕對會亂了陣腳，到時候我們再一舉擊潰他們……」瑟爾面露陰冷的微笑，「至於其他人，根本不須看在眼裡，人再多，真正能為敵的也就只有那支軍隊了！」

綠蝙蝠見瑟爾胸有成竹的樣子，不禁鬆了口氣，「好的，這樣就安心多了！」

瑟爾問：「目前那些人距離此地還有多遠？」

「嗯……」綠蝙蝠憑著腦海中的印象，並加上他們的速度推算，「神聖十字軍團應該在二十分鐘以內就會進入城內，其他人至少要三、四十分鐘——」

「其他人不須知道了。」瑟爾打斷綠蝙蝠的話，面露自信微笑，「傳令下去，所有人備戰，二十分鐘後，當神聖十字軍團進城就阻絕兩處隘口，並且打通次元暗門，引誘地獄蟲。」

「是！」綠蝙蝠接獲命令，急急忙忙的振翅飛遠，傳遞訊息。

當目送綠蝙蝠的身影消失在低垂夜幕，瑟爾看了一圈正熊熊燃燒、萬魔群舞的馬戲團遊樂園，滿意的咧嘴笑著，「太棒了……這舞臺……這絕對會是一場華麗至極的復仇之戰啊！」

艾迪恩見他的表情怎麼跟剛才充滿憂心的模樣不同，現在可以說是充滿了幹勁，而且瞪大的眼睛深處藏不住某種狂妄的影子。

「……就連玫雅都認不出來，莫非你……」

「是，我就是薩希爾公爵。」瑟爾勾起一抹微笑，「我只是在她哥將死之際與他做了交易，取得他的記憶與靈魂罷了，而在同一天，我遇到了玫雅……我有預感，這女孩會是最適合成為我妃子的人選……」

「她是人類。」

「這我當然明白。」瑟爾面露不寒而慄的微笑，「但絕大多數的惡魔，都是墮落的人類靈魂啊。」

終於明白瑟爾的用意，艾迪恩雖不贊同，也只能保持緘默。

「嗡嗚——」

一陣象徵戰事即將來臨的號角聲響起，繚繞城鎮夜空，幾顆星已露臉。

「好了，差不多該迎戰了。」瑟爾拍拍艾迪恩的肩膀，嘴角勾起一抹微笑，「我可是很看好你的，別讓我失望了。」

艾迪恩點頭。

◆※◆※◎※◆※◆

此時，接獲皇族直接下達的命令，從昨晚開始就浩浩蕩蕩出發討伐叛亂者的神聖十字軍團，舉著火把，已經能看到遠處坐臥在兩山之間的城鎮。城鎮顯然不太安寧，藍綠色的火舌漫布著，那可是象徵惡魔戲謔的暗火。

「哼！這愚蠢的惡魔居然敢如此囂張……就讓你們在我的神聖之劍下懺悔！」騎著白馬，渾身銀光閃亮的神聖十字軍團副隊長不禁嗤之以鼻，眼中映著綠色火光，幹勁十足。

一頭銀色長髮，表情冷漠的隊長賈斯瞟他一眼，「不許輕敵，不許大意。」

凱——副隊長搔搔頭，「好啦！真是的……不過那群惡魔真的很蠢啊！到現在都還在大肆破壞哩！我還以為這隻懂得附身在貴族身上、耍各種心機來反叛的惡魔會聰明多了，誰知道也是笨蛋？」

賈斯凝視著那方，銀色的長髮在火把光芒下被渲染成黃色。

雖然他也不清楚是怎麼回事，但他總覺得這次的出征會格外棘手。

「大人，剛才接獲援軍的傳令鴿，他們會在預定時間內抵達支援。」一位負責傳令的士兵將剛收到的消息傳達給兩位。他是負責跑腿的，身上並沒有穿笨重的盔甲，但素袍上仍有神聖十字軍團的盾與劍的神聖印記。

賈斯漫不經心的回應：「嗯。」

「哎呀，別那麼嚴肅嘛！」凱嘻皮笑臉的用手肘推了一下賈斯，「你看，以前的任務還沒援軍，我們就把那個啥大公爵的打得唏哩嘩啦的，這次目標惹火那麼多人，還給我們支援，怎麼可能會輸嘛！」

「嗯。」賈斯依舊冷漠的回應。

「吼，你很難相處欸！我不管，我要先走了！駕！」

凱伸手拔走了領隊旗幟，騎著白馬向前走。

後頭的隊伍看見領著旗幟的頭已經出發，便紛紛恢復了先前的行徑速度。而賈斯因為後頭的人不斷向前擠，不得已之下，也只好騎著馬繼續往城鎮的方向行進。

他抬頭仰望星空，希望一切都只是自己的多慮。

一行隊伍浩浩蕩蕩的走著，沒多久，隘口就在前方了。

他們在此處回望，可以看見幾乎沒什麼死角的曠野，有幾處也有密集的火光在移動，那顯然就是援軍們。行動到目前為止，沒有任何的問題。

「很好，都到了吧！」凱已經可以看見在遊樂園裡嘻笑的惡魔與魔女，他摩拳擦掌，已經迫不及待要用神聖之劍消滅他們。他望向仍然是滿面愁容的賈斯，「有任何疑慮的話，就用劍斬斷吧！」

賈斯見他如此有幹勁，而且其他士兵們也都精神奕奕、已經做好準備，如果說真的因為自己的直覺而耽誤任務，追究下來，這理由可不會被接受。

看來，只好出發了！

「神聖十字軍團，出發！」

「喔——」

在隊長賈斯的一聲令下，所有士兵們幹勁十足的大聲應和。伴隨著那士氣十足的呼喊，神聖十字軍團正式湧入城鎮。而嬉鬧的惡魔們這才驚覺不對，轉身想要逃竄，卻被早一步衝上前去揮劍的士兵們當場抹殺。他們的武器與盔甲都是專門設計用來對付惡魔的，擁有強大的聖屬性，而惡魔如果不耍花招，根本不可能有機會反擊……

不過前提也要惡魔們能活下來才行。

神聖十字軍團一湧入這座遊樂園，馬上就把那些措手不及的惡魔與魔女們殺得落花流水，慌張的奔逃。將這一切看進眼裡的凱不禁咧嘴笑了，對著賈斯說：「你看，到底有啥好顧慮的？」

「……」賈斯殺掉了一隻背對他而逃的魔女，不予回應。真的只是他多慮了嗎？

此時，一顆綠色，看起來像是蝙蝠的物體飄啊飄的飛過兩人的眼前。那滑稽的模樣，令人完全不覺得牠有什麼威脅。

「？」兩人挑眉看著牠。

凱覺得礙眼，揮劍一口氣將牠砍成半。但就在此時，那顆綠色氣球發出尖銳的叫聲，只剩下一半的臉卻還是咧開大嘴，「哈哈哈哈哈——上當啦！上當啦！」

兩人愣了半秒。

「轟轟轟——」

直到城鎮入口傳來不尋常的轟隆巨響，兩人這才回神的回頭看，卻見其中一處隘口被兩旁炸碎的巨石掩沒，斷了後路。這情況來得太突然，有些還在附近戰鬥的士兵們瞬間被大石吞沒。

「糟了！」凱驚呼。

眼角捕捉到火光，賈斯往那方向定睛一看的同時，轟隆隆震碎石壁的聲響又再次響徹夜空。原來另外一個隘口，也就是目前唯一的出入口也被崩落的大石堵住。

現在，已經無路可退了。

「這些傢伙竟敢如此……想跟我們玩同歸於盡的遊戲蛤？」凱終於明白中了對方的計謀，那種感覺可不好受，「雖然不知道他們在搞啥遊戲……但這也是斷了他們自己的路不是嗎？真笨啊！」

「……有人。」賈斯低聲說著，小心翼翼的將武器握實。

只見在一片藍綠色燐火焚燒的殘破樂園背景，一陣夾帶著塵埃的風掠過視野之中，一個人影在群魔四散之時，卻筆直的往神聖十字軍團這方向前進，腳步堅毅，毫不遲疑。

當塵霧散去，竟是一名長相秀氣、身材嬌小的少年。

「……擬態惡魔？」凱挑眉。

「不，他身上雖有汙濁之氣，但僅有表面……」賈斯僅一眼就辨識出眼前那人的真實面貌，「是個完全的人類。」

但怪的是，那少年既然沒有受控制，為何看他們的眼神具有如此殺氣？

「蛤？難道是沒逃走的路人？能在這種時候活下來還真是奇蹟哩！」凱不疑有他的對金髮少年揮手，勸道：「嘿，小朋友，這地方很危險，快點過來吧！我們會確保你的安全。」

金髮少年僅冷漠的看了凱一眼，眼瞳浮現出冷冽之光。

嗅到危險的氣味，賈斯立刻對其他放鬆下來的士兵們大喊：「備戰！」

說時遲那時快，金髮少年——艾迪恩從腰側抽出流星錘，向發號施令的兩人方向一路飛馳而去，並且在眾人還措手不及的時候，朝著兩人狠狠的揮舞一記流星錘。

「！」兩人及時反應過來並逃開。

後方傳來一陣震懾人心的轟隆碎響，被艾迪恩直接命中的地面裂開了一道難看的大裂口，彷彿惡魔猙獰的嘴咯咯笑著。

「天啊！」

「這、這是什麼力量！」

艾迪恩那異於常人的蠻力果然使神聖十字軍團嚇得不輕，雖然第一記攻擊沒有造成任何人傷亡，但是這下馬威可是重挫了這群輕敵的士兵們，心都開始浮躁起來了。

「今天，你們都會死在這裡。」眼瞳映著藍綠色燐火，艾迪恩宛如死神般冷冷的說著。

這一詞一句與他的神情，使在場所有人心頭一顫。

「你……你這傢伙是人類吧！而且這身衣服還是聖職者不是嗎！」凱可是被艾迪

恩惹惱了，咬牙切齒怒道：「你竟然背叛人類、背叛神，自願墮落到魔道去！這實在是太可笑了！」

艾迪恩不語。正確來說，他並不認為三言兩語能讓那人明白自己的處境。

「……看樣子不必多說了，要前進，只能屏除障礙。」賈斯舉起劍，一雙鷹目浮現銳利之光，然後他穩穩踏過步伐，直朝艾迪恩方向奔去。

凱不讓他專美於前，也接著追過去，「豈能讓你搶鋒頭！」

兩名大將朝著自己直逼而來，艾迪恩的視線卻悄悄移向了其他的士兵。笨重的盔甲使兩人的動作不那麼俐落，艾迪恩靈巧的步伐輕鬆閃過兩人的夾攻，朝著才剛重新整隊、但依然六神無主的神聖十字軍團發動猛攻。

「轟隆——」

「！」聽到這聲音賈斯和凱不禁一愣，當回頭看的時候，只見漫天的塵埃。

當風席捲而過，只見環繞著神聖十字軍團周遭的區域，地面像被切塊的豆腐那樣，被人弄出深深的溝壑，而嚇壞了的士兵們自然而然往中心部位推擠，鏗鏗鏘鏘的倒了一片，樣子狼狽極了。

「這傢伙的速度竟然……」凱氣得臉都紅了，「該死！盡耍些花招！看我怎麼收拾你！」為了要跟上艾迪恩的速度，他退掉了身上笨重的銀製鎧甲，揮舞著大劍，對艾迪恩發出猛攻。

在鏗鏗鏘鏘刀劍碰撞聲響中，賈斯注意到艾迪恩似乎壓根兒沒打算跟他們交手，難道一切都只是鋪陳……一想到這種可能性，賈斯對士兵們大喊：「快離開那裡！越快越好！」

「是、是！」快被艾迪恩的力量嚇到腿軟的士兵們這才驚醒，協助彼此，一個個逃出了被侷限的範圍，但要讓全部的人成功脫逃，恐怕還需要一點時間。

「嘰嘰嘰嘰——」

賈斯正忙著幫忙士兵們脫困，卻聽見不尋常的尖銳叫聲自四面八方傳來。他拉過另外一名士兵，使他平安脫離溝壑之時，他終於看見一片藍綠火光的視野之中，有一雙雙紅色的眼睛亮起。

聲音的主人是一條條體型冗長、多足的大型蟲體。牠們快速的蠕動著足部，以難以想像的速度朝著這方向直逼而來。巨蟲們輾壓過遊樂園的一景一物，宛如碾碎玩具般輕而易舉，喀啦喀啦的聲響不絕於耳。

「蟲……？」凱看到這些令人毛骨悚然的東西，不禁失神。

艾迪恩看時機差不多，趁對方分神之際，立刻退開前線，躲到高處觀戰。

「靠妖！啊人咧？」凱回神才驚覺艾迪恩已不見蹤影。

「凱！保護大家！那些蟲可不好惹！」賈斯知道對付這些蟲很棘手，趕緊對愣住的凱大喊，同時自己也挪動腳步，正面迎向那群地獄蟲，「骯髒的東西……絕不允許你們碰我神聖十字軍團一根寒毛！」

他將細長的銀劍插入土中，單膝跪下，右手壓在左胸前，低聲祈禱：「神啊，請聆聽我的祈禱。願祢賦予我神奇的力量，擊退盤據於黑暗的邪惡……」

以銀色的劍為圓心，半徑約一公尺之處亮起了銀白色的魔法陣。

「神光之刃！」接著，賈斯一舉抽出劍，盤旋在地面上的銀白色魔法陣倏地竄進劍身，在劍鋒表面游移著銀色光輝。他看準其中一頭蜷縮成球狀、以驚人之勢高速滾來的蟲球，縱身一揮劍——

只見一道銀色的劍氣飛速而出，當掠過蟲球之時，竟將牠斜切成兩半！從切口處仍可見銀光裹著血肉，但屬性的侵蝕使地獄蟲瞬間化為黑色粉末，消散在無情的微風之中。

這些都被躲在傾斜一半的塔尖端觀望的艾迪恩看在眼裡。看樣子這些人的實力果然不容小覷，如此強力的聖屬性攻擊，相信無論哪個黑暗屬性的生物都避之唯恐不及。若是一開始沒要些小手段，相信這群人絕對能輕而易舉奪下城池。

不過，目前情況還很難說，這只是計畫的剛開始……

此時，副隊長凱趕緊上前去幫助那些受困的士兵。

一個個的去救人實在太沒效率，況且那些大蟲數量相當多，就算是隊長賈斯一人能一次消滅一條大蟲，但他那魔法每使一次就要重新再醞釀。之前自己與他合作還能互相掩護，但現在他只有一人啊！

但這時候，至少還有半數的士兵們受困。

「該死！統統給我退後！」凱這下火大了，拔出大劍，在空中刻劃出一道銀色的文字，而士兵們看到這招，全都慌忙的躲到安全的範圍去。

銀色的文字凝聚成實體，突然變得沉重，轟然墜落至地面，在地面形成相應的鏤空痕跡。那身陷入土層中的銀色光芒卻越來越明亮，緊接著轟然一聲爆裂聲響，土層被炸飛了一大塊，恰好與艾迪恩所造的斷層呈現斜坡狀，緩和了陡峭的溝壑，士兵們可以從這缺口順利脫離被侷限的範圍。

凱發號施令：「重新整隊！」

「是！」士兵們很快排好了陣式，重新再出發。

「五人分一小隊，擊退大蟲！」凱大手一揮，指揮著士兵們，「這些怪物雖然行動快、體積大，但仍然懼怕聖屬性，只要拿出勇氣，絕對能戰勝牠們！」

「是！」接獲命令，士兵們迅速分好了小組，由小組長帶頭，圍攻大蟲。

而這時，凱也與隊長賈斯重新會合，兩人互相守護彼此的後方死角，奮勇的殲滅一頭頭衝刺而來的地獄蟲。雖然乍看下地獄蟲的數量贏過士兵們，但是隊長剛才一舉擊退大蟲的英姿以及副隊長的鼓舞，已經使挫敗的軍心重新振作。訓練有素的士兵們默契非常好，落單的地獄蟲基本上根本不是他們的對手。

站在高處的艾迪恩，看到這情形其實並不意外。畢竟對手再怎麼說，也是隸屬於皇族的一支軍隊，他們不僅後臺硬又財力雄厚，再加上他們都是萬中選一的菁英，領隊的兩人更非泛泛之輩……而且看來，他們應該只是其中一支小隊，並不是整團神聖十字軍團，否則這些惡魔還有地獄蟲很可能老早就被殲滅了。

燐火餘暉碎屑飄揚，艾迪恩瞇眼望向遠方的夜空，只見無數黑乎乎的影子在月光下無所遁形，而且陣陣嬉鬧的尖叫聲也不絕於耳。

「來了……」艾迪恩仍靜觀其變。

「嘻——哈哈哈！」

天空傳來陣陣刺耳的喧鬧聲，使士兵們抬頭仰望。只見原本渾圓的月亮此時一大半深藏在黑雲之中，皎潔的月光洩露出在黑空中打鬧的影子——惡魔群與騎著掃帚的魔女們嘻嘻哈哈尖聲笑著，宛如一隻隻象徵邪惡的蝙蝠滑翔而下，加入戰場。

「注意！」賈斯再次消滅一頭地獄蟲。

「嘻嘻嘻———」惡魔與魔女們一窩蜂的衝向神聖十字軍團，同時使出黑暗魔法擾亂他們的視聽。魔女們騎著掃帚，在空中丟下一些毒草、毒蟲，或是一些汙穢物，雖然這些東西沒多大傷害力，但已足以擾亂士兵們的專注力。

只見惡魔們嘻嘻哈哈的穿梭在混亂的神聖十字軍團之中攻擊，但士兵們身上的盔甲也帶有聖屬性，對惡魔們而言與毒藥無異。惡魔們很靈巧的保持距離，或是找機會發動攻擊，這樣的擾亂攻擊，再加上地獄蟲猛烈的狂襲，確實奏效。

縱使士兵們有一定的魔法能力，但是他們被這群惱人的傢伙弄得一個頭兩個大，根本沒一點時間能使出魔法反擊，只能盡可能甩開身上的穢物，找機會揮劍擊殺囂張的惡魔。

但如此一來，也影響到其他人的行動，場面反而更加混亂了。

艾迪恩終於明白為何瑟爾要他打前鋒，不僅是為了給神聖十字軍團來個下馬威，還讓地獄蟲有時間聚集過來，一舉將他們逼入絕境。

看這樣子，那群士兵大概撐不了多久，唯一有威脅性的大概只有那兩個人了……

艾迪恩盯著那兩道正與地獄蟲交戰的身影，那默契十足的模樣，不知為何讓他心底浮現一絲絲的羨慕。

能有個人守護著自己，一起度過難關，那是何等安心的事啊……

「該死，居然用這種骯髒的手段……」凱抹去盔甲上的腥臭物，見士兵們也陷入苦戰，那簡直像被惡作劇屁孩搗亂，軍心渙散的模樣使他勃然大怒，「喂！大家振作起來啊！那些傢伙根本不敢靠近，只是一點髒東西而已！別在那邊抹來抹去、婆婆媽媽的噁心死了！」

賈斯瞟他一眼，「……你自己不也在抹？」

「幹嘛這時候還要挫自己人銳氣啦！」凱抗議。

「呵呵——你們在這種時候，還有心情鬥嘴啊？」

艾迪恩循著瑟爾的聲音抬頭，果然見他展開雙翅，自暗夜翩翩降臨在兩位舊仇人的眼前。他臉上掛著微笑，望著兩人錯愕的表情，相當滿意他們的神情。

「你……你這傢伙……怎麼可能……」凱瞠目結舌。

賈斯瞇起眼，眼中浮現殺氣，「薩希爾……」

「噢，不，現在請叫我瑟爾。」瑟爾搖搖頭，露出艾迪恩初次見他時那親切的微笑，並且對艾迪恩所在的高塔招手，「來吧，我們的大功臣。」

艾迪恩望了一眼交戰中的惡魔與神聖十字軍團。神聖十字軍團一而再、再而三的挫敗，又加上惡魔們的精神折磨，還失去了指揮，現在已經亂成一團，有不少人被地獄蟲當場撞飛，骨頭都碎裂了，倒在血泊裡，快失去意識。

那慘叫聲，令他心情莫名鬱卒。

他搖頭，甩開思緒，一心只想將事情了結，便順瑟爾的意，正要下塔。

「欸，別擠啊！」

「你過去點！」

「妳怎麼比看起來還暴力啊……」

「亂講！」

前腳才剛要走下樓梯，艾迪恩卻聽見一男一女爭吵不休的聲音自下方傳來。他困惑的探頭一看，原來是歐里弗以及玫雅兩人擠在貼在牆面上的樓梯前，誰也不相讓。

當他們看見艾迪恩，立刻收手，尷尬的笑了笑。

「……你們來這幹嘛？」艾迪恩發現歐里弗懷裡有個空的麻布袋。

歐里弗趕緊將麻布袋藏在身後，「哈、哈哈……沒什麼啦！想說在你滅絕世界之前先把你綁起來……噢！」

歐里弗一個緊張不小心說溜嘴，旁邊的玫雅怒踏他的腳，他這才痛得閉上嘴。

「我們因為擔心……」玫雅雙手交握於下顎，懇求的雙眼閃爍著淚光，「你……真的要幫助他們嗎？如果惡魔真的取得勝利，你就再也不能回頭了啊……」

——果然又是這問題。

艾迪恩厭倦的別過頭去。

「寶貝！你真的要想清楚啊！為夫我怎樣也不能讓你跳火坑——」

「你不也說要加入？」艾迪恩冷眼瞟他一眼右耳上的耳環。

歐里弗趕緊將耳環拿下來，原本想丟，但丟了可惜，就隨手塞進口袋裡，「那些惡魔為了達到目的會不擇手段，你難道沒有看到那些士兵痛苦的樣子嗎？身為人類，怎麼能和惡魔結盟！惡魔的交易從來不能相信的啊！」

不理會歐里弗的勸告，艾迪恩自旁邊的破舊殘骸跳下，輕巧的身影掠過燐火，平安著地。

「寶貝！」歐里弗的聲音仍在後頭大喊，「只要你回頭、我都會在！」

艾迪恩視線筆直的凝視向前方，眼瞳中映著燐火的幽光，還有士兵們苦戰的身影。他抽出流星錘，大步走向三人。

「你來了。」瑟爾對他微微一笑。

但艾迪恩經過他身邊卻沒有止步，而是繼續走。賈斯和凱見勁敵直逼而來，不禁繃緊神經。

瑟爾露出滿意的笑容，點頭。

這時，艾迪恩突然加快腳步直衝過去，揮舞著流星錘，兩人及時在他即將揮擊之前成功避開。揮空的流星錘砰的一聲砸在地面，塵土伴隨著晃動飛揚而起，地面形成一個凹陷。

再次見識與他外貌不搭的蠻力，兩人冒一身冷汗。

青筋自側額爆出，凱緊握大劍吼道：「該死！你這傢伙囂張——」

但就在他要發動攻擊之際，艾迪恩轉過身去，背對他們，這突來的毫無防備使得賈斯和凱一愣，原本要揮下的劍也停格在半空中。

艾迪恩將流星錘舉向瑟爾，無懼的眼神凝視著他，擺明在挑釁。

「……你背叛我？」瑟爾咬牙，偽善的臉略微扭曲。

「剛才那一擊，是我給你的承諾。至於不殺人，是我對教會的承諾，從此我們不相欠。」艾迪恩低聲說：「這次，我要為自己而戰。」

見艾迪恩突然倒戈，從敵人變夥伴讓賈斯和凱一時無法回神。

賈斯心想：現在的情勢不管怎麼看，都是惡魔那方有利，他這時候選擇跳槽未免也太不明智了……更何況有他的幫助，相信就算是自己兩人聯手也難以取勝，想必有其他原因讓他下此決定。

「你這傢伙到底……」凱還不知是否該收劍。

「你們去幫你們的隊友吧。」艾迪恩頭也沒回的對兩人說著，「省得在這裡礙手礙腳的。」

「你說啥？」凱額邊的青筋瞬間增了三個。

「慢著。」賈斯攔住凱差點失控的大劍，回頭看一眼自己的夥伴們，顯然已經陷入苦戰。但他相信熬過艱辛訓練、能站在這裡與大家並肩作戰的夥伴，一定能度過難關，並且對死亡有一定的覺悟。

眼前該消滅的人只有一個，只要他一死，敵軍就會瞬間瓦解。

他不忍看見夥伴們受傷，轉回頭，並且站在艾迪恩的左手邊，做好備戰姿勢。

「你……」凱不禁一愣。

「來吧。」賈斯回頭，冷漠的嘴角勾起一抹笑意，「多個夥伴，何樂不為？」

凱抹了抹臉，雖然他不願意，但既然隊長都這樣下命令了，也只能乖乖的與艾迪恩並肩作戰。他瞟一眼矮了自己一大截的艾迪恩，近看對方的五官更是秀氣，不服的撇嘴，「……話說在前頭，這只是暫時，我可沒把你當夥伴。」

不過艾迪恩本人是直接把他說的話當成耳邊風。

「寶貝！加油！」歐里弗還被困在塔上的樓梯，大聲呼喊著。

「加油——」玫雅也跟著吶喊。

可惜艾迪恩覺得他們大喊大叫的聲音很吵而已。

「哼，一群螻蟻……」瑟爾難以保持平常優雅的紳士風度，非人的五官變得更加猙獰可怖。他瞪著艾迪恩，眼睛簡直要噴出火來，「背叛我的代價可是很高的……」說著，他盯向高塔一眼。

而好像對上他憎恨視線的玫雅，趕緊縮身，躲在暗處，渾身瑟瑟發抖。

「廢話少說。」艾迪恩直奔向瑟爾，一開始馬上就是以流星錘招呼過去。

不過，瑟爾輕而易舉便閃過滿是芒刺的流星錘。

「看招！」

瑟爾都還未站穩，賈斯與凱一左一右緊接著追擊。看見那朝自己揮來的銀色大劍，瑟爾心底暗暗驚了一下，雖然側身勉強閃過了致命的大劍，但賈斯直搗他心窩的細劍卻沒能安然避開。

「！」瑟爾被細劍劃過側腹，帶有聖屬性的劍使他宛如烈火焚過般痛得齜牙。眼看三人又要攻來，這樣下去可不行，他連忙振翅高飛，成功避開了三人聯手追擊。

三人抬頭上望，而瑟爾單手壓著受傷部位，咬牙切齒的瞪著他們。

「絕對……不饒你們……」瑟爾遭受背叛後，又三番兩次被羞辱，陣陣火氣終於達到臨界點。他握緊拳頭，渾身肌肉都繃緊而顫抖，莫名的黑色火焰自體內透出，表情猙獰的嘶吼。他的骨骼與肌肉在短時間內劇烈變動，身體越來越脹大，四肢也變得粗壯，漆黑色的毛髮蓋過衣物脹裂的身軀。這般變動使他痛苦的咬緊牙根，顎骨逐漸拉長，牙齒變得尖銳，在月光下泛著寒森森的冷光。

他魔化成一頭黑色、酷似狼的野獸！

而原本一頭咖啡色的髮，變成了自頭頂延伸至長尾部的毛髮，接著牠展開翅膀，振落下幾片黑色羽毛；牠猩紅的雙眼瞪向昏月，敞開喉嚨，發出震懾天地的狼嚎。

「狼……原形嗎？」賈斯瞇起眼，「終於拿出真本事了。」

「哈！管牠怎樣！牠敢飛下來我就斬了牠！」凱怒道。

「吼嗚——」牠對空中大吼一聲，月亮被飄來的厚重烏雲完全遮掩。

而牠腳下浮現個以牠為中心的黑色魔法陣盤旋著，強大的魔力漩渦將周遭較輕的物體掃蕩，無論是地上的碎石或塵埃，葉片或是其他建築物的小片殘骸都往上抽引，空氣中發出嗡嗡的聲響。

沒一會兒工夫，這魔法陣吞噬了半片天空，彷彿要詛咒全世界那樣，陰冷冷的運轉著；而變化成怪物的瑟爾則露出殘暴的笑容，似乎已經目睹這些人在自己的暴虐下死亡。

士兵們仍與惡魔和地獄蟲奮力戰鬥，當他們看見天空的那頭怪物，不禁臉色發白。而躲在高塔旁的歐里弗與玫雅則看得瞠目結舌，毀滅性的黑色光影落在兩人的臉上躍動著。

艾迪恩與其他兩人並肩而戰，雖然看似無懼，但頭一次見識到這種強力魔法即將降臨的畫面，說內心不被震撼是不可能的。

瑟爾的黑魔法陣在同一秒戛然止住，所有凝聚的黑色能量宛如一口瞄準他們的炮口。只見黑魔法陣劇烈收縮成一個半徑約一公尺，但卻蘊含強烈威力的黑彈，轟然一聲，朝三人俯衝而去！

「注意了！」賈斯將細銀劍指向魔法陣核心之處，以眼神向凱示意。

凱盯著黑球，平舉大劍，對向夜空高喊一聲：「守護之劍！」

只見四面銀白色的魔法陣將三人包圍在內，燦爛的白光幾乎要刺得艾迪恩快張不開眼睛。

而賈斯也輕聲詠唱魔咒，三道銀色半透明的魔法防護罩又一層層裹在這層魔法陣外頭，形成絕對防禦。

所有防禦措施完成，與炮彈直接撞上僅差不到零點三秒。

「砰！」黑色能量彈以驚人之勢狠狠撞上了防護罩，接著發出震懾天地的轟響。

這壓倒性的能量遠比兩人所想的威力還要強大，外層的銀色防護罩被輕而易舉的粉碎，卻只稍微削減了它的破壞力。能量彈順勢擊向銀白色的魔法陣的正上方，那強勁的壓倒性威力使凱快要支撐不住。

他使出渾身力氣，全身上下大大小小的肌肉都束緊，咬緊牙根就是想將這可怕的力量往外推出去，滿身大汗。但是這力量實在太可怕，他苦撐了幾秒之後，終於再也無法抵擋，銀白色的守護魔法陣也崩解了。

眼看毀滅性的黑彈直逼而來，兩人發怵的雙眼寫上絕望。

「趴下！」艾迪恩大喊。

只見艾迪恩握緊流星錘，為了增強它的瞬間力道而順時針揮動。他雙眼緊盯著宛如流星般快速衝來的黑彈，穩住下盤，牧師的素色長袍劇烈拍打著。當他正面迎向黑彈的同時，朝著夜空揮下流星錘——

流星錘絲毫不差的命中黑彈的正中心！

經過層層阻礙，已經被削去至少一半威力的黑彈禁不起艾迪恩火力全開的一擊，外殼竟然當場碎裂，而虛空的能量彈順著反彈力道，飛馳向夜空，反撲向瑟爾。

「！」瑟爾作夢也沒想到會有這手，右邊翅膀被斜擦過去的能量彈炸裂，一時失去平衡，雖拍動安好的翅膀想安定下來，卻徒勞無功。牠從高空轟然墜落，地面激烈的左右晃動。

「吼———」除了身體的疼痛，內心的屈辱更使瑟爾發出一陣嘶啞怒吼。

「好機會！」凱飛也似的直奔向狼獸，趁著牠還未完全站穩之時，朝牠的頸部揮下大劍！但他的攻擊卻被瑟爾早一步察覺，伸出右爪就是猛烈一抓，凱雖然及時避開，可是胸前的鎧甲卻留下醜陋的三條爪痕。

而瑟爾的右爪被聖屬性侵蝕冒出陣陣白煙，痛得牠嘶吼。

「該死！這盔甲很貴欸！」凱想到自己一個月薪水又沒了，大罵一聲。

一道銀色的身影掠過凱。

賈斯穩持細劍，但他並不打算正面與瑟爾交鋒。眼看瑟爾掙扎著站起身來，但剛才的重創使牠視線模糊，還未完全清醒。賈斯與瑟爾保持一段安全距離，並且口中喃喃詠唱咒文。

只見銀白色的羽毛自天空翩翩灑落，當觸碰到瑟爾漆黑的身體之時，化為一條條互相牽引的銀白色繩索。因為它們又輕又細，頭昏腦脹的瑟爾並沒注意到，直到身上的絲線越來越多，聖屬性逐漸透了過來，牠才驚覺大事不妙！

「吼嗚——」牠大吼的掙扎著，但那些絲線卻越捆越緊。

細白的羽毛覆蓋著瑟爾，化為密如錦緞的白絲線，它們緊緊的糾纏住牠，好讓他動彈不得。最後牠就連一根手指頭都無法動彈了，簡直成了一顆白色的繭。

「憤怒使你失去理智，這次你依然又犯了致命的錯誤。」賈斯站在瑟爾面前，一雙冷酷的眼眸注視著牠，細劍就抵在牠的頸邊。

艾迪恩靜靜的凝視著這頭惡獸，但後方的劍擊聲、打鬥聲仍不絕於耳，戰爭還未結束。

此時，躲在高塔旁的歐里弗及玫雅這才終於敢靠近。

「太棒了！太精采啦！」歐里弗高舉著雙手朝這方向奔來，鼻子已經預先夾好了夾子，「果然正義必勝啊！寶貝，我就相信你會做正確的選擇啦！」

就在此時，變化成獸的瑟爾竟然猙獰的咧嘴笑了。

這陰冷的笑，令眾人感到背脊一陣惡寒。艾迪恩察覺，瑟爾是盯著歐里弗笑的？

「砰！」

說時遲那時快，歐里弗奔馳而來的身影瞬間被藍綠色的燐火吞沒，地面瞬間多了個大坑，而且揚起的塵土遮蔽了大片的天空。

「？！」所有人一驚。

玫雅嚇得跌坐在地上，嘴脣都在顫抖。

艾迪恩一瞬間心重重的沉了一下，瞪大眼睛，「——歐里弗！」

「哇哈哈哈哈哈——」瑟爾不知何時已變回人的模樣，但他還是被銀白絲線捆綁著，「想不到吧！想不到吧！為了預防你叛變，我送他的耳環可是一枚炸彈啊！哈哈哈哈——他現在腦袋一定被炸個稀巴爛了吧！」

凱不敢相信這傢伙居然如此卑劣，折指關節，「你這傢伙……」

「哈哈哈！想殺我？看看你們的武器吧！」

賈斯與凱半信半疑的看了一眼自己手中的武器，這才驚覺，原本閃閃發亮的銀白色劍身都變成普通的金屬色澤——這表示聖屬性已經消耗殆盡，它們變回普通的金屬武器了。

「不只這樣，你們神聖十字軍團的武器也是！這點我老早就算計好了！」瑟爾面容扭曲的哈哈大笑，「沒了聖屬性的武器，你們就算是把我砍成碎片也殺不了我！哈哈哈哈！」

一陣熟悉的聲音傳來——

「啊，有喔！」

「？！」聽到這聲音，所有人望向爆炸那方，特別是艾迪恩更加震驚。

只見沙塵散去之後，地面上仍殘留著爆炸時所造成的大坑，藍綠色火焰也持續燃燒著。而一個熟悉的身影穿破了迷霧，大步奔馳向這邊來——

是全身衣物破破爛爛，甚至還燒著火光的歐里弗！

「你怎麼……」凱不禁傻眼。

「喔、耳環嘛！」歐里弗傻里傻氣的搔搔頭，「就上次寶貝好像很介意我戴別的男人送的東西，所以我就拔掉放在口袋……剛剛跑步的時候噴出去，我正想跑去撿，沒想到它就爆炸了……哈哈哈哈——」

在他的笑聲中，所有人都傻眼了，特別是瑟爾臉都白了。

「你們倆是這種關係……」凱以狐疑的眼神瞟向艾迪恩與歐里弗。

艾迪恩額頭上默默的竄出青筋，想著等會兒再跟歐里弗算帳。

「這個啊！還記得吧！」歐里弗從懷中掏出一個瓶子，裡頭還剩下些透明液體。

艾迪恩馬上就認出來那是裝著聖水的瓶子，原來上次還剩下一點點的，是被他撿走了。

歐里弗走向前，「寶貝，讓我們一起解決他吧！」卻不知為何他單膝跪下，做了個求婚的姿勢。

「等等！」瑟爾試著掙扎卻還是動彈不得，一副任人宰割的模樣，不禁急了。他諂媚的笑著，滿頭大汗的說：「我能給你想要的一切！錢？女人？名利？統統都不是問題，只要你們選擇我這邊，我會給你們享受不盡的榮華富貴！」

但壓根兒沒人理他。

歐里弗打開瓶子，將聖水全部撒在艾迪恩的銀色流星錘上頭。

瑟爾臉色死白的盯著流星錘，渾身不住的顫抖。而艾迪恩踏著緩步，站在瑟爾面前，「惡魔，去死吧！」說完，毫不留情的將流星錘招呼在他身上。

眼看著流星錘掃來，瑟爾一臉哀傷的望向玫雅，默默的閉上眼睛。

玫雅搗嘴，眼淚不自覺的落下了。

只見寧靜月下，被燐火團團環繞的城鎮上空，有道黑色的影子散成霧狀消散。而纏鬥中的士兵們與惡魔們聽見了這聲慘不忍睹的淒厲尖叫聲而抬頭，當惡魔與魔女們知道自己的主人已亡，嚇得尖聲亂竄。

轉眼間，惡魔與魔女們鳥獸散，魔女騎著掃帚逃走了，就連地獄蟲見情況不對，也放棄戰鬥並躲回幽暗的洞窟之中。只留下滿目瘡痍的城鎮，還有仍然不敢相信纏鬥已經結束、傻愣在原地的士兵們。

「戰爭結束了！」

「我們贏了！」

「萬歲！」

士兵們拋下手中武器，擁抱著彼此歡呼。在這感人溫馨的畫面之中，遠方的山巒也漸漸透出了黎明之光，而象徵黑暗的燐火在自然光的照射下，漸漸的熄滅了。

黑暗，終於散去。

第十章 屬於自己的歸宿

因為惡魔這座小城鎮被毀了，看樣子不好好整修一番是不可能再住人。騎士團絕大多數的士兵們都多少掛彩，有的人甚至因此光榮戰死，但總算成功驅逐了難纏的惡魔，加上溫暖陽光重回大地，就好像許久未見朝陽，人們心中充滿了無限希望。

士兵們幫忙彼此療傷，並且大致整理一下環境，當然也有不少人在忙著清除堵在兩邊隘口的亂石，一晃眼就已經下午了，但大家還是忙得不得了，好像有做不完的事情。

「太棒了！」

「路終於通了！」

不遠處傳來人們的歡呼聲，引起了大家的注意。

他們往隘口處望，原來被落石堵住的兩方隘口，在大家花費好幾個小時、努力不懈下終於成功的清開了南邊的大門。雖然清出來的大石塊還在旁邊非常雜亂，而且大型馬車恐怕是無法通過，但至少已經不成阻礙。

而原本是援軍的一行人老早就在隘口那邊守著，甚至也在外面努力疏通道路許久，南邊之所以會這麼快疏通，其實也要多虧他們的幫忙。

可是當他們進入城鎮，卻發現惡魔們早已不見蹤影，不禁愣住。

「惡魔嗎？已經被我們驅逐了！唉唷！」

某個士兵得意洋洋的以大拇指頂著自己胸口，卻被一旁的夥伴敲了一下頭。

「惡魔已經被驅逐了沒錯，不過主要功臣是那位。」另外一名士兵指向正在和他們隊長說話的那位少年牧師。

代表貴族那方的掌旗者挑眉，「他？看起來不太像……」

「哈哈！一開始我也是那麼認為的啦！不過你可別被他的外表騙了，他可是一擊就將惡魔逼到絕境的人啊！還有，他的力量簡直大到不可思議……還好他不是真的與我們為敵吶！」士兵不經意回想起之前慘烈的戰鬥，到現在還是感到有點恐怖。

「喔……」一行人半信半疑的看著那位少年牧師。

賈斯和凱走上前來，與正打算啟程的艾迪恩、歐里弗談話。

賈斯走向艾迪恩，眼神充滿欽佩，「你很有實力，不如加入我們？」

「什麼！難道你對我家寶貝有意思——」

在歐里弗還有機會再多講的時候，艾迪恩毫不猶豫的往他肚子揍了一拳，止住他講話。他看了看團結的神聖十字軍團，比起之前那些遇到的人，素質上來說確實都好多了，但是……

現在對他而言，尋找歸宿已經不是那麼重要了。

因為，他已經不再感到不安。

看艾迪恩猶豫這麼久，賈斯嘆了口氣，淡淡的點個頭，「嗯，明白了。」

「那你們今後有啥打算？」凱問。

「不知道欸……」歐里弗搔搔頭，但是突然想起身旁的艾迪恩，笑嘻嘻的摟著他的肩膀說：「不如跟我回鄉下去，我要向大家介紹一下我的未婚妻！噢！」但又再次慘遭艾迪恩揍了一拳。

艾迪恩抬頭望向清澈的藍天，心情也跟著輕鬆起來，「我想，再繼續旅行吧。」

「我也要去！」歐里弗想也不想的舉手，「要是你外遇……」

當艾迪恩眼角掃來名為殺氣的視線，終於學乖的歐里弗立刻跳到安全距離去。

「我也去！」

自從瑟爾死後，就一直坐在角落不與任何人說話的玫雅也舉起了手。大家看她走過來，眼睛還微微泛紅，而且神情看起來有點憔悴，不禁一愣。

「妳……沒事吧？」歐里弗問。

玫雅搖了搖頭，揉了揉眼睛，「只是……明明一點都不像哥哥，為什麼在最後的時候……卻讓我想起他……讓我有點觸景傷情罷了。」她拍拍臉頰，笑了笑，但眼角仍殘留著淚光，「而且，我才不讓你搶走我的王子呢！」

歐里弗嗅到競爭的味道，「什——」

「況且……」玫雅垂下眼簾，嘴角牽起虛弱的笑意，「我的家人都不在了……我沒有什麼好留戀的。」

這句話聽在每個人的耳裡，心底悶悶的發酸。

艾迪恩明白這種難過的心情，但是不知如何表達這樣的情感。他只覺得現在唯一能為她做的，大概就是接納她，並且順著她的意，帶她走上旅途吧。

「嗯，那走吧。」艾迪恩看見北邊的隘口也已經打通，轉身往那方向走去。

「欸？這麼快喔！」歐里弗不禁一愣。

「艾迪恩先生等等我——」玫雅趕緊追了上去，回頭對著還在犯傻的歐里弗扮個鬼臉，「不然你就留在這邊吧！掰掰——」然後轉身開開心心的跟在艾迪恩後面。

歐里弗這才驚醒，「欸、欸！誰准妳接近我家寶貝的！等我啊！」隨即慌慌張張的追了上去。

岩漠的陽光如此燦爛，照耀著北邊的光禿禿山巒，三人的身影彷彿也要被燦爛的光芒吞沒。

比起一開始旅程出發，艾迪恩的腳步更加堅毅，凝視著未來的雙眼也不再迷惘。

他已經找到歸宿——原來只要有伙伴的地方，就是屬於自己的歸宿。

而目送他們遠去的賈斯，嘴角不禁泛起一抹淡淡的笑意。

《暴力黑牧師と求愛犬騎士》全文完

novel M.貓子
illust 麻先みち
全套六集，全國各大書店、網路書店、租書店，持續熱賣中！
松雅記事
系列
我家門前有狐仙
家教狐仙扮神探
狐仙愛的京都畫遊
愛與正義的狐仙
純情女友俏狐仙
狐仙幸福我來顧
動物或妖怪報恩的故事，大家都耳熟能詳，
但是……「幫狐仙報恩」是哪招？
當冷面毒舌店長 遇上 天然純(蠢)真小狐仙
人類與狐仙纏綿悱惻的愛戀……
——不、不對！是人類被狐仙拐騙當助手當男傭當飼主啊啊啊！(╬￣皿￣)
典藏閣
華文聯合出版平台 www.book4u.com.tw
采舍國際 www.silkbook.com
不思議工作室_
立即搜尋
版權所有© Copyright 2015

網遊系作者蒼漓★超新星繪師生鮮P、touko聯手打造經典虛擬網遊世界
幻魔降世
Shaswahn Story Online II
重返創世★我們在這裡等你
「我一直都在，在哥哥心裡，在哥哥的回憶裡。」
扉空從崩潰中重新站起，回歸那座美麗的世界，
踏上青玉曾走過的旅程，沒想到看見的竟是……!!!
「哥哥，請你，一定要過得幸福。」
「扉空哥，我不怕被吃豆腐，來抱著我哭吧！」
「科斯特～I ♡ YOU～」
LOVE
全套七集，全國各大書店、
網路書店、租書店，持續熱賣中！
勇敢迎向未來——
新旅途、新朋友、新世界，遊戲重新啟動！
典藏閣
華文聯合出版平台
www.book4u.com.tw
采舍國際
www.silkbook.com
不思議工作室
立即搜尋
版權所有© Copyright 2015

羊角系列036

暴力黑牧師と求愛犬騎士

出版者■典藏閣
作　者■鬱兔　繪　者■夜風
封面設計■Snow Vega
總編輯■歐綾纖
製作團隊■不思議工作室
郵撥帳號■50017206 采舍國際有限公司（郵撥購買，請另付一成郵資）
台灣出版中心■新北市中和區中山路2段366巷10號10樓
電　話■(02)2248-7896　傳　真■(02)2248-7758
物流中心■新北市中和區中山路2段366巷10號3樓
電　話■(02)8245-8786　傳　真■(02)8245-8718
ISBN■978-986-271-741-7
出版日期■2017年1月

全球華文國際市場總代理／采舍國際
地　址■新北市中和區中山路2段366巷10號3樓
電　話■(02)8245-8786　傳　真■(02)8245-8718

新絲路網路書店
地　址■新北市中和區中山路2段366巷10號10樓
網　址■www.silkbook.com
電　話■(02)8245-9896
傳　真■(02)8245-8819

線上總代理：全球華文聯合出版平台
主題討論區：http://www.silkbook.com/bookclub　◎新絲路讀書會
紙本書平台：http://www.silkbook.com　◎新絲路網路書店
瀏覽電子書：http://www.book4u.com.tw　◎華文電子書中心
電子書下載：http://www.book4u.com.tw　◎電子書中心（Acrobat Reader）

☞您在什麼地方購買本書？☜

1. 便利商店（＿＿＿＿＿市／縣）：☐7-11　☐全家　☐萊爾富　☐其他＿＿＿＿＿＿＿

2. 網路書店：☐新絲路　☐博客來　☐金石堂　☐其他＿＿＿＿＿＿

3. 書店（＿＿＿＿＿市／縣）：☐金石堂　☐蛙蛙書店　☐安利美特animate　☐其他＿＿＿

姓名：＿＿＿＿＿＿地址：＿＿＿＿＿＿＿＿＿＿＿＿＿＿＿＿＿＿＿＿＿＿＿＿＿

聯絡電話：＿＿＿＿＿＿＿＿　電子郵箱：＿＿＿＿＿＿＿＿＿＿＿＿＿＿＿＿＿＿＿

您的性別：☐男　☐女　　您的生日：西元＿＿＿＿＿年＿＿＿＿＿月＿＿＿＿＿日

（請務必填妥基本資料，以利贈品寄送）

您的職業：☐上班族　☐學生　☐服務業　☐軍警公教　☐資訊業　☐娛樂相關產業

☐自由業　☐其他＿＿＿＿＿＿

您的學歷：☐高中（含高中以下）　☐專科、大學　☐研究所以上

☞購買前☜

您從何處得知本書：☐逛書店　☐網路廣告（網站：＿＿＿＿＿＿＿）　☐親友介紹

（可複選）　☐出版書訊　☐銷售人員推薦　☐其他＿＿＿＿＿＿＿＿＿＿

本書吸引您的原因：☐書名很好　☐封面精美　☐書腰文字　☐封底文字　☐欣賞作家

（可複選）　☐喜歡畫家　☐價格合理　☐題材有趣　☐廣告印象深刻

☐其他＿＿＿＿＿＿＿＿＿＿

☞購買後☜

您滿意的部份：☐書名　☐封面　☐故事內容　☐版面編排　☐價格　☐贈品

（可複選）　☐其他

不滿意的部份：☐書名　☐封面　☐故事內容　☐版面編排　☐價格　☐贈品

（可複選）　☐其他

您對本書以及典藏閣的建議＿＿＿＿＿＿＿＿＿＿＿＿＿＿＿＿＿＿＿＿＿＿＿＿＿

＿＿＿＿＿＿＿＿＿＿＿＿＿＿＿＿＿＿＿＿＿＿＿＿＿＿＿＿＿＿＿＿＿＿＿＿＿

＿＿＿＿＿＿＿＿＿＿＿＿＿＿＿＿＿＿＿＿＿＿＿＿＿＿＿＿＿＿＿＿＿＿＿＿＿

✌未來您是否願意收到相關書訊？☐是　☐否

✍感謝您寶貴的意見✍

印刷品

$3.5
請貼
3.5元
郵票
不思議信箱
FUSIGI POST

235 新北市中和區中山路二段366巷10號10樓

華文網出版集團　收

（典藏閣－不思議工作室）

Novel 鬱兔 Illust 夜風

暴力黑牧師と求愛犬騎士